KB039871

무진기행

무진기행

초판 1쇄 발행 2019년 11월 7일
초판 5쇄 발행 2024년 7월 12일

지은이 김승옥
책임편집 조혜정
펴낸이 남기성

펴낸곳 도서출판 쿵(프로젝트A)
인쇄,제작 데이타링크
출판사등록 신고번호 제 2017-000028호
주소 경기도 고양시 덕양구 꽃마을로 34, 1006호,1007호(향동동, DMC스타팰리스)
대표전화 (070)7555-9653
이메일 sung0278@naver.com

ISBN 979-11-90298-01-8 00810

무진기행

김승옥 지음

자화상

차례

생명연습

"저 학생 아나?"

나는 한(韓)교수님이 눈짓으로 가리키는 곳을 돌아보았다.

"인사는 없지만 무슨 과 앤지는 알고 있죠."

다방 문을 이제 막 열고 들어선 학생에게 여전히 시선을 주며 나는 대답했다. 감색 대학 교복을 입고 그는 어울리지 않게 등산모를 쓰고 있다. 나와 같은 대학 졸업반인데, 이름은 모르지만 그의 용모라면 대학 안에서도 알려져 있다.

"설마 나병 환자는 아니지?"

한교수님은 몸을 탁자 저편에서 내 앞으로 꺾어 기울이며 무슨 못할 소리라도 해서 미안하다는 듯이 웃으셨다.

"아아뇨."

고개를 바로 돌리며 나도 웃으며 대답했다. 교수님께서는 어린애다운 데가 있다. 오십이 넘은 분이 그렇다면 장점이다.

"내가 잘못 봤나? 어째 눈썹이 전연 없는 것 같아."

"밀어버렸지요. 면도로 싹 밀어 버렸어요. 눈썹뿐만 아니라 머리털도 시원스럽게요."

"아니 왜?"

교수님은 바야흐로 눈이 휘둥그레진다. 그러다가 쑥스러운 질문이었다는 듯이 또 하얀 이를 가지런히 내보이며 웃으시는 것이다.

"극기?"

스스로 대답해 버렸다는 듯이 교수님은 아까 자세로 돌아갔다. 뒤가 개운치 않으신 모양이었다. 그러다가 역시 그런 표정을 하고 있는 나를 보시더니 싱긋 웃음을 보내 주시는 것이었다. 나는 다시 마음이 환해지는 듯했다.

"요즘 학생들 간에 유행이랍니다. 우습죠?"

나의 이런 물음에 그러나 교수님은 고개를 가로젓고 계

셨다. 미소는 여전히 띠셨으나.

"안 우스우세요?"

"자넨 우습나?"

"네, 우스운걸요."

나는 우습다. 어머니와 누나와 그리고 형도 함께 살고 있었을 때이니까, 초등학교 6학년 때, 사변이 있던 그다음 해 이른 봄이었다. 전쟁 중이긴 했지만, 우리가 살고 있던 여수는 전선에서는 퍽 먼 국토 최남단의 항구여선지 인민군이 남겨 놓고 간 자취도 비교적 빨리 지워져가고 있었다. 피난 갔던 사람들도 거의 다 돌아와서, 폭격 맞은 집터에 판잣집을 세우고 될 수 있는 대로 동란 발발 전의 생업을 다시 계속하려고 애쓰고 있었다. 그러나 쉬운 일은 아니었다. 윗녘에서 사태져 내려온 피난민들로 거리는 떠들썩했고 게다가 먼 섬으로 피난시켜 놓은 일급선박(一級船舶)들은 얼른 돌아와 활동할 생각을 아직 못 내고 있었을 때였으니까. 사람들은 대부분 구호물자를 배급해 주는 교회엘 부지런히 다니고 있었다. 딱히 그것 때문만은 아니었지만, 나와 그리고 남녀공학인 야간상업중학 3학년에 다니고 있던 누나는 부듯가 바로 눈앞에 보이는 교회엘 다니고 있었다.

여수에서는 가장 큰 교회였다. 그 교회 마당에서 내려다 보이는 광장 너머에 부두가 있고 부두 저편으로는 거문도로 가는 바다가 항상 차디차게 흔들리고 있는 것이었다. 나와 누나는 나란히 서서 금속처럼 차게 빛나는 해면을 바라보며 한참씩 서 있곤 했는데 그럴 때야 비로소 나는 어린 가슴에 찾아오는 평안을 느끼는 것이었다. 그러다가 보면 어느새 누나의 가느다란 손가락을 꼬옥 쥐고 있곤 했다. 교회 안의 발 시린 마룻바닥에 꿇어앉는 것보다는 교회 마당가에 서 있는 것이 좋아서 나와 누나는 교회엘 다니고 있었다고 해도 좋았을 것이다. 그러나 교회에서 내주는 구호물자가 하나의 목적이었던 것을 굳이 숨기지도 않아야겠다.

그 이른 봄 어느 교회에서는 대부흥회가 있었다. 죄가 많아서 하나님께서 전쟁을 주신 이 나라에 부흥회는 얼마든지 있어도 좋다는 듯이 부흥회가 유행하던 그 무렵이긴 했지만 이번 부흥회에는 재미난 데가 있었다. 이번 부흥회를 주관하러 오신 전도사는 나이 스물인가 되던 어느 해에 손수 자신의 생식기를 잘라 버리신 분이라는 것이었다. 그 이유는 오직 하나님이 그렇게 하라고 시켜서라는 것이었다.

부흥회의 첫날밤이었다. 독특한 선전 때문인지 부흥회는 대성황이었다.

장소는 제빙공장이 폭격을 맞아 된 빈터였는데 서너 걸음 저쪽은 파도가 밀려와서 찰싹이는 소리를 내고 물러가는 부두였다. 그 파도소리를 들으며 고촉(高燭)의 전등이 대낮처럼 어둠을 씻어주고 있었다. 호흡이 급한 찬송가 소리와 수많은 사람이 발산하는 열이 이른 봄밤의 한기를 못 느끼게 해서 좋았다. 나와 누나는 손을 잡고 사람들 틈을 비집고 들어가서 강단의 바로 앞에 자리를 잡고 앉았다.

해가 지면서부터는 몸이 달 정도로 기다리던 부흥회였다. 누나는 망측한 전도사라고 욕을 실컷 퍼부어 놓고 나서는 나를 껴안고 깔깔대며 웃어대는 폼이 나보다 더 기다려지는 모양이었다. 형도 이것만은 흥미 있는 일이라는 듯이 다락방에서 덜커덩 소리를 내며 몸을 뒤척이고 있었다. 어머니도 침울한 표정으로 굳어져버린 얼굴에나마 진기한 것을 보았을 때 생기는 미소를 살짝 보여 주시던 것이 나와 누나는 여간 기쁜 것이 아니었다. 아아. 어머니는 진기한 것을 보면 웃으시는구나, 하고 나는 생각했다.

문제의 전도사는 얼굴이 약간 창백하달 뿐 보통 사람과 다름이 없었다. 창백하다고는 해도 집에 있는 형에게 비하면 아주 건강체였으니 대단히 평범한 사람이라고 밖에는 말할 수 없을 지경이었다. 키는 나지막하고 눈이 가늘어서 날카로웠다. 서른대여섯쯤 보이는 얼굴엔 주름도 별로 없는 듯했다. 하얀 와이셔츠를 입고 검정 넥타이를 가슴에 드리우고 있었다. 검정색 양복을 입었는데 윗도리는 찬송가 소리가 열광적으로 높아갈 때 벗어버렸다.

저 사람이, 도대체 저 사람이 손수 칼로 자기의 생식기를 잘라내버렸을까, 하고 나뿐만 아니라 어른들도 못 믿겠다는 눈치였다. 차라리 그 전도사 곁에 서 있는 키가 유난히 크고 얼굴이 홀쭉하게 생긴 미국 사람이 그랬다면 나는 믿었을지도 몰랐다. 그 편이 훨씬 그럴듯해 보였으니까. 그날 밤 나는 자꾸, 지금 생식기가 없는 사람은 저 미국 사람이다, 라는 착각에 여러 번 빠져들곤 했다. 그러다가 보니 그 전도사가 왜 그런 짓을 해버렸는지조차 어느덧 까먹게 되어서 누나에게 다시 물어보고 나서야 깨닫곤 했다. 하나님을 위해서 아니

성령을 받고 그랬다는 것이 아닌가. 내게도 성령이 찾아오는 어느 순간이 있어 나 스스로의 목이라도 잘라버려야 할 경우가 있을는지도 모를 일이라는 생각이 문득 들었다. 그러자 소름이 돋기 시작했다. 땀과 노래와 노래 박자에 맞추어 치는 손뼉 소리가 미친 듯이 날뛰다가 가끔 딱 그치고 갑자기 고요한 침묵의 시간이 생기곤 했는데 그런 때엔 나는 나지막이 들려오는 파도의 찰싹거리는 소리가 못 견디게 그리웠고 오늘밤 여기에 온 것이 그리고 앞자리를 차지한 것이 어찌나 후회되던지 자꾸 혀만 깨물었다.

그 악몽과 같은 부흥회의 밤이 지나자 나는 살아나는 듯했다. 그날 밤처럼 땀을 흠씬 흘려본 때가 그전엔 없었을 것이다. 그후로도, 사랑하는 형제여, 라고 부르짖던 전도사의 쉰 목소리가 귓가에 되살아올 때면 나는 등에 땀이 주르륵 흘러내림을 느꼈던 것이다.

흘낏 곁눈으로 보니 그 눈썹 없는 친구는 어느새 의자를 하나 차지하고 앉아 있었다. 알루미늄처럼 하얀 표정이었다.

"옛날에 전도사가 한 분 계셨어요." 나는 느닷없는 사설을 늘어놓으려 하고 있었다.

"응?"

교수님은 무슨 얘기냐는 듯이 고개만 빼어 내 편으로 내미셨다.

"저어 수년 전에 전도사가 한 분 있었는데요……."

나는 말소리를 낮추어가지고

"자기 섹스를 잘라 버린 훌륭한 분이있답니다."

"허허허."

교수님은 어처구니없다는 듯이 웃으셨다.

"왜? 그것도 극기?"

"선생님 방금 분명히 웃으셨죠?"

"원 자네두……."

교수님은 내가 귀여운 모양이었다. 나도 한교수님이 정답다.

교수님은 다시 웃으시는 것이었지만 무슨 근심이 있는 사람이 마지못해 웃는 듯한 웃음이었다. 그러고 보니 오늘 교수님은 무언지 허둥지둥하고 계시는 빛이었다. 아까 교문에서 마침 만나서, 선생님 차 한잔 제가 사겠습니다, 했을 때도 무척 당황하신 표정이더니 금방 무슨 구원이라도 받은 듯이 나를 따라, 아니, 오히려 내 앞장을 서서 이 다방으로 들어온 것만 보아도 그랬다.

나는 엘리자베스 조(朝)의 비극작가들에 대한 연구논문을 지난 여름방학 때부터 시작해서 최근에야 완성해 놓았기 때문에 그동안에 참고서를 몇 권 빌려 봤다는 이유에서뿐만 아니라 나를 아들처럼 사랑해 주시는 한교수님께 논문을 과 주임교수께 제출하기 전에 우선 보이고 싶어서 이 다방으로 모신 것인데, 교수님의 이런 쓸쓸한 얼굴 앞에 원고지 뭉치를 내밀기가 아무래도 죄송스러워서 오늘은 포기하기로 해버렸던 것이다.

"선생님, 극기라는 말이 맘에 드시는 모양이죠?"

"들지…… 글쎄…… 안 그렇기도 하고……."

또 웃으신다. 저렇게 자꾸 웃으시는 분이 아니신데.

키가 크지 않은 사람에게서만 볼 수 있는 근엄하다고까지 할 정도의 침착성을 교수님도 가지고 계시는 것이었으나 그것이 촌스럽지 않고 도리어 세련을 수식하고 있는 것은 이분이 외국 바람을 쐬신 덕택이라고들 한다. 그런데 오늘은 어쩐지 그것이 모두 허물어져가고 있는 듯한 느낌이었다. 어쩐지 야비하게, 그래서 어쩐지 두렵게 보이는 것이었다. 그러자 교수님도 나의 그런 기분을 엿보신 모양이었다. 무어라고 화제를 바꾸고 싶으신 모양이어서 나는 얼른 생각나는 대로 뉴스를 꺼냈다.

"참 사회학과 박교수님 사모님께서 신병으로 돌아가셨다죠?"

"……."

그러자 교수님은 입이 얼어붙은 듯한 표정을 하시고 무서울 정도로 의심에 찬 시선을 내게 보여주셨다.

"장례식이 내일이라던데요?"

"응."

신음하듯 대답하시더니 방금 전의 표정을 재빨리 무너뜨리려고 교수님은,

"교수 가족 동태에 대해서도 주의가 대단하군."

하고 웃으시며 비꼬아 주시는 것이었다. 나는 얼굴이 뜨거워져서 엉겁결에,

"할 얘기가 없어서요."

라고 말해 버렸다. 영문은 알 수 없지만 죄라도 지은 기

분이었다. 교수님은 웃으시며 딴 얘기를 꺼내주셨다.

"지금도 오(吳)선생 만나나?"

"네, 가끔 만나죠."

오선생이란 만화가로서 주로 Y라는 일간신문에 연재만화를 그리고 있는 분인데 대학 교내신문 편집을 하고 있던 나는 신문 관계 일로 그분을 만나야 할 기회가 있었다. 한번 만나자 어쩐지 좋아져 버려서 쩔쩔매었다.

겨우 서른둘밖에 안 된 나이에 비하면 얼굴에는 수많은 그늘이 겹에 겹을 쌓고 있었다. 언젠가 내가 좋아하는 한교수님과 내가 좋아하는 오선생을 서로 소개시켜드렸더니 두분 다 즐거운 모양으로 악수를 한참 동안이나 하고 서 계셨다. 그 다음번에 오선생을 만났을 때, 그 교수님 아주 좋으신 분이더군, 하며 말수 적은 성미에서도 한마디 잊지 않았다.

"그분 요즘 그리는 만화는 퍽 어려워졌더군."

"벌써 십여 년 만화만 그렸으니 소재가 고갈할 때도 되었지요."

"아니야. 그런 의미에서가 아니라 단순한 유머를 벗어나고 있다는 말이야."

“자기 세계를 갖고 있는 분이죠.”

“맞았어, 바로 그거야. 자기 세계를, 그래, 그분도 자기 세계를 가지고 있지.“

늦가을 햇살이 유리창 밖에서 하늘거리고 있었다. 레지가 다가와서 유리창을 배경으로 하고 꾸부리고 서서 빈 찻잔을 거두더니 살며시 비켜서듯 돌아갔다. 레지의 허리를 굽힌 실루엣이 아직도 남아서 아물거리는 듯했다.

‘자기 세계’라면 그것을 가지고 있는 사람을 몇 명 나는 알고 있는 셈이다. ‘자기 세계’라면 분명히 남의 세계와는 다른 것으로서 마치 함락시킬 수 없는 성곽과도 같은 것이 아닌가 생각한다. 그 성곽에서 대기는 연초록빛에 함뿍 물들어 아른대고 그 사이로 장미꽃이 만발한 정원이 있으리라고 나는 상상을 불러일으켜보는 것이지만 웬일인지 내가 알고 있는 사람들 중에서 ‘자기 세계’를 가졌다고 하는 이들은 모두가 그 성곽에서도 특히 지하실을 차지하고 사는 모양이었다. 그 지하실에는 곰팡이와 거미줄이 쉴새없이 자라나고 있었는데 그것이 내게는 모두 그들이 가진 귀한 재산처럼 생각된다.

요즘은 '하더라' 체를 쓰기 좋아하는 영수라는 내 친구만 해도 그렇다. '마도로스 수첩에는 이별도 많더라'라느니 '동대문 근처엔 영자도 많더라'라는 시시한 유행가 구절이나 틈틈이 흥얼대고 있는 듯하지만 실은 대단히 진지한 태도로 여자들을 하나하나 정복해나가고 있었다. 잘생긴 얼굴은 아니지만 눈이나 입 가장자리에 매력이 있었다. 초급대학을 그나마 중퇴하고 지금은 군대엘 갈까 자살을 할까 망설이고 있는 그이긴 하지만 꾸준히 시도 써 모으고 가끔 옷도 새 걸로 사 입고 하였다. 나하고는 여수에서 국민학교 다닐 때 제일 친한 사이로 지냈다.

우리 가족은 내가 국민학교도 졸업하였으니, 라는 이유를 내세우긴 했지만 기실은 형의 죽음에 반 미쳐 버리신 어머니가 서둘러서 환도가 있을 때 서울로 이사했는데, 그후로도 방학만 되면 나는 여수엘 내려가서 그와 바닷가를 헤매었던 것이다. 지금 동대문 근처에서 싸구려 하숙엘 들어 있다. 항구는 사람의 성격에 어떤 염색을 해주는 것이 아닌가 하고 나는 그를 볼 때마다 생각하는데, 그건 마치 어렸을 때 형 보듯 하기 때문일 것이다. 그는 여자를 정복하는

데 무어랄까 천재가 있는 모양이었다. 그는 그러한 자기의 천재에 의지하여 한 세계를 형성하려고 애쓰고 있는 대의 명분이 그의 정복행위를 부축해주고 있을 뿐이었다.

자줏빛 스웨터를 입고 학교로 나를 찾아와서는,

"련민(憐憫)! 련민!"

하며 혀를 끌끌 파는 날이라면 으레 또 하나의 인생을 좌절시켜 주고 온 날인 것이다.

"련민! 련민! 아 련민뿐이여."

"강선생께서 하시는 사업은 착착 성공 중이시라."

내가 이렇게 축하를 아뢰면,

"그녀도 울고 나도 울었더라."

라고 담배를 꺼내며 대단히 만족하다는 듯이 대답을 하는 것이었다.

그러한 그도 단 한 번은 대실패를 한 적이 있다. 여자에게 최음제를 사용했더라는 것이다. 그런 일이 있기 전 어느 땐가 다음과 같은 수필까지 써서 내게 보여 준 적이 있는 그로서는 정말 일대 절망일 수밖에 없었을 것이다.

'요힘빈! 총각들은 최음제의 위력을 과도히 신앙한다. 그래서 그 약품이 총각들 간에서는 사랑의 매개물질로 간주되어 있는 법도 있다. 피강간(被强姦) 뒤에 으레 있는 처녀의 눈물도 그들에게는 공식적인 식순의 일구(一句)에 불과하다. 참 못마땅한 일이다. 도덕자연하는 나의 이러한 언사가 도리어 못마땅하다고 할는지 모른다. 좋다. 우리들 총각들 간에는 도덕자연하는 것도 위악의 품목에 참석할 수 있으니 나의 위악적인 이런 언사가 나를 우리의 본부 '다방하실'의 야단스러운 청춘 속으로 못 들이밀 바 못 되노라. 에헴, 이런 논리가 나의 머리 위에 비트의 월계관을 올려 놓고 박수했다 운운.'

그 실패 이후로는

"살기가 더 싫어졌다."

라고 중얼거리고 있었다.

"련민! 련민!"

두음법칙 따위가 어감의 감손(減損)을 가져온다면 그건 정말 슬픈 일이 아닐 수 없다고 하면서 그는 기어이 '연민'을 '련민'으로 발음하며 쓸쓸해하였는데 그 '련민'의 음영(陰影)도 최음제 사건 이후엔 퍽 많이 변해 있었다. 어쨌든

내가 보기에 그는 자기의 성(城)이 아니라면 최소한도 자기의 지하실은 지니고 사는 유복한 사람임이 분명하다.

이건 여담이지만, 한교수님의 딸도 무엇인가를 만들어가고 있는 듯해서 나는 나 자신을 돌아보고 적이 불안해진 적이 있다. 여고 2학년이라면 대부분이 센티멘털리스트라고는 해도 그 애에게는 당해낼 수 없는 생기조차 곁들여 있었던 것이다.

"세상에서 가장 귀여운 게 뭘까?"

지난 5월 어느 일요일, 한교수님 댁에 놀러갔을 때였다. 햇볕이 여간 좋은게 아니어서 나와 그 애와 사모님은 등의자를 마당가에 내놓고 앉아 한담을 하고 있다가 발끝으로 흙을 톡톡 차며 등의자를 뒤로 젖혔다 앞으로 숙였다 하고 있는 그 애가 하도 귀여워서 탄식하듯 내가 입 밖에 낸 말이었는데,

"여신의 멘스?"

라고 그 애는 가벼웁게 퉁겨 버리는 것이었다.

"응?"

나는 얼떨떨해져 버려서 코 먹은 소리로 반문했더니,

"아닐까?"

그 애는 숙인 얼굴에서 눈만을 살짝 치켜떠 보며 부정의 문법으로 또 한 번 쥐어박았다.

"호오, 여신에게도 멘스가 다 있을까?"

사모님께서 마침 이렇게 대답을 하심으로써 그 얘긴 그 정도로 그쳐서 나는 화끈 단 얼굴을 감출 수가 있었지만 이건 못 당하겠는데, 하고 생각했던 것이다.

"선생님께서는 자기 세계가 있으십니까?"

대답이 없더라도 무안하지 않으려고 나는 짐짓 앙케트를 흉내 낸 장난조로 교수님께 물었다. 교수님은 담배를 꺼내 입가에 무시며,

"자네 보기엔 어때?"

하고 되물으셨다. 나는 성냥을 그어 대어드리며, 교수님의 목소리를 본떠서,

"글쎄요, 있는 것도 같고…… 없는 것도 같고……."

했다.

"허허허허."

교수님은 담배를 한 모금 천천히 빨고 나시더니,

"있지."

라고 말씀하시고 빙긋 웃으셨다.

"있긴요?"

내가 억지를 쓰는 체했더니,

"이래봬도 나의 세계는 옥스퍼드제(製)인데……."

"글쎄요, 성벽이 워나 높아서 보여야죠."

"흐응."

확실히 교수님께는 어려운 구석이 있다. "외국에서 공부하고 오는 사람들은 다소간에 냉혈동물이 되어 돌아오는 법이지."라고 말씀하시며 당신도 극도의 냉혈동물이었다고 말하시지만 젊었을 적엔 몰라도 지금 봐서는 그런 것 같지는 않았다.

외국이라면 대개 서구를 가리키는 것이니 아마 그네들의 합리주의와 개인주의가 몸에 배어 그럴 것이라고 변호를 해주시면서 한편으로는 "아아, 성숙한 처녀처럼 믿음직한 그대 지식인이여."라고 말해 놓고 웃으시고는 "그러나 나처럼 탈선할 가능성이 많지." 하고 자조를 하시곤 했다. 외국서 학위를 받고 온 교수들은 강의 노트를 얻어오는 대신 모든 것을 거기에 지불해 버리고 온다는 것이었다. 감상을 다시 길러야 하고 다시 인사를 배워야 하고 다시 웃음을 가져야 한다고 싱거운 조로 말하시고는 곧잘 나더러 "자네도 외국 갔다 오면 별 수 없지." 하시다가는 이내 "참, 자네 같은 사람은 아예 외국에도 갈 수가 없어." 하며 놀려 주시는 것인데, 그 이유를 나는 알 수가 없다.

하나의 세계가 형성되는 과정이 한마디로 얼마나 기막히다는 것을 나는 잘 알고 있다. 그 과정 속에는 번득이는 철편(鐵片)이 있고 눈뜰 수 없는 현기증이 있고 끈덕진 살의가 있고 그리고 마음을 쥐어짜는 회오(悔悟)와 사랑도 있는 것이다. 이렇게 말하면 봄바람처럼 모호한 표현이 아니냐고 할 것이나 나로서는 그 이상 자세히는 모르겠다.

역시 여수에서 살 때다. 그즈음 형은 어머니를 죽이자고 끈끈한 음성으로 나와 누나를 꾀고 있었다.

피난지에서 돌아와보니 그렇지 않아도 변변치 않던 집이 거의 완전히 허물어져 있었다. 폭격이나 당해서 그렇다면 이웃에 창피하진 않겠다고 누나는 부끄러워하고 있었다. 집은 한길이 가까운 산비탈에 있었다. 어머니도 누나와 같은 생각에서였던지는 모르나 인부를 두 명 사서 한낮 걸려서 깨끗이 처치해 버리고 다음 날은 그 자리에 판잣집을 세우기 시작했다. 사흘 걸려서 된 집은 내 맘에 꼭 들었다. 온돌방 하나와 판자를 깐 방 하나 그리고 판자를 깐 방에는 다락방을 만들어 형이 썼다.

다락방 밑의 판잣방에 담요를 깔고 우리 식구가 거처했고, 온돌방은 어머니처럼 생선이나 조개 따위의 해물을 새벽에 열리는 경매시장에서 양동이에 받아가지고 첫 기차를 타고 순천이나 구례 방면의 장이 서는 고장을 찾아가서 팔고는 막차로 돌아와서 다음 날 새벽을 기다리는 것이 생활인 생선장수 아주머니들의 하숙방으로 내주고 있었다. 우리집 외에도 근처에 그런 하숙을 치고 밥을 먹는 집이 몇 더 있었는데 경매시장이 있는 부두와 기차역에 각각 다니기가 좋은 장소여서 집집마다 육칠 명씩 단골이 있었다. 우리집에서는 누나가 부엌일을 맡고 부엌일뿐만 아니라 매일매일 치러 받는 하숙셈이라든지 잔살림살이는 모두 맡아 하고 있었다. 낮에는 빨래도 하고 김치도 담그고 하느라고 겨우겨우 야간상업중학엘 다녔는데 공부는 늘 일등이었다. 세책점(貰冊店)에서 소설을 빌려다가 틈틈이 보는데 혼자 있는 시간이 많아서 그런지 상상력이 대단했다. 곧잘 작문을 지어 두었다가 나와 단둘이 있게 되는 시간이 생기면 조용한 음성으로 내게 읽어 주곤 했다. 그것이 누나의 나에 대한 최대의 애정 표시였다. 나도 학교가 파하면 집안일을 도와주었다. 특히 뒤곁의 돼지를 길러내는 게 큰 임무였다. 수놈으로 중돼지를 넘어서고 있었다.

어머니는 마흔 살이라고는 해도 젊은 티가 남아 있었다. 아버지가 돌아가신 지 벌써 10년이 됐는데 그 뒤로 도맡아 하신 고생이 어머니의 살결을 거칠게 해버린 것이어서 고생만 하지 않았더라면 스물이고 서른이고 마흔이고 그대로 남아 있을 단정할 용모였다. 그것 때문에 어머니의 장사는 덕을 보기도 하고 손을 보기도 했다. 예컨대 순천 같은 도시로 장사를 갔다 오는 날엔 빈 양동이를 들고 돌아오시지만 다른 읍 같은 곳에서는 장날에 가면 손님들이 슬슬 피해버리고 악마 같은 얼굴을 한 아주머니들에게나 가서 물건을 산다는 것이었다. 어머니는 별로 말이 없는 분이었다. 기쁠 때엔 물론 웃으시지만 통 말은 안 했다. 보통 형에게 얻어맞을 때 그러는 것인데, 억울한 일을 당하시면 눈에 파랗게 불이 켜진다. 동녘이 훤할 때 바다를 향해서라기보다는 차라리 육지를 향해서 깜빡이는 등대불의 그 희미하나마 눈에 띄는 빛과 같은 것이었다. 그러나 여전히 말은 없다.

형은 종일 다락방에만 박혀 있다가 오후 4시나 되면 인적이 드문 해변으로 나갔다가 두어 시간 후에 돌아와서 다시 다락방으로 올라간다. 밥은 마루방에서 나와 누나와 함께 셋이서 먹는 것이지만 밥만 먹으면 그냥 다락방으로 올라갔다. 사닥다리를 삐걱거리며 올라가는 것을 보고 있노라면, 아아 형은 하늘로 가겠구나, 라는 말이 저절로 입에서 나왔다. 다락방은 이 세상에 있지 않았다. 그건 하늘에 있었다.

그곳은 지옥이었고 형은 지옥을 지키는 마귀였다. 마귀는 그곳에서 끊임없이 무엇을 계획하고 계획은 전쟁이었고 전쟁은 승리처럼 보이나 실은 패배인 결과로서 끝났고 지쳐 피를 토해냈고—마귀의 상대자는 물론 어머니였고 어머니는 눈에 불을 켠 채 이겼고 이겼으나 복종했다. 형은 그 다락방에서 벌레처럼 끊임없이 부스럭거리는 소리를 내고 있었다.

형은 스물두 살이었다. 사변 전에 폐가 아주 나빠져서 중학교를 도중에 그만두었다. 하다못해 유행가 가수라도 되겠다고 새벽과 저녁으로 바닷가를 헤매며 소리를 지르고 있더니 그런 지경을 당해 버린 것이었다. 나는 국민학교 2학년 때 학교 담임선생님이 새벽에 일찍 일어나는 것이 건강에 좋다고 해서 그런 말을 들은 다음 날 형의 발자국을 밟고 해변으로 따라 나간 적이 있었다. 바닷물은 빠지고 바위들은 금방이라도 벌떡 일어서서 나를 둘러싸고 기분 나쁘게 웃어댈 듯이 시커멓게 웅크리고 잠들어 있었다. 나는 오돌오돌 떨면서 움직이기가 귀찮아, 물기가 담뿍 밴 모래 위에 쭈그리고 앉았다. 그때 바다 저편에서 들려오듯이 아득한 형의 노래가 들려온 것이었다. 바닷속으로 바닷속으로 비스듬히 가라앉아가는 듯한 환상 속에서 나는 형의 폐병을 예감했을 것이다. 아니다, 그 이상의 것을—형을, 동시에 어머니를, 알았을 것이다.

"나갈까?"

하고 교수님은 내게 물으셨다.

"들어온 지 얼마 되지도 않았는데요. 저어, 바쁘십니까?"

"아아니 뭐…… 술이라도 마시고 싶어지는군."

"네? 정말 드시겠어요? 저, 제가 좋은 데를 한 집 아는데요."

"흐응, 술이란 좋은 거지?"

교수님은 별로 마시고 싶지도 않으신데 괜히 한번 그래 보신 모양이다.

나는 짜증이 났다.

"나가실까요?"

나는 벌떡 일어서면서 거의 강제적인 어조로 말했는데 교수님은 별로 불쾌히 여기지도 않고 조용히 자리에서 일어나셨다. 감색 바탕에 검정 사각무늬가 배치되어 있는 교수님의 넥타이가 유난히 눈에 들어왔다.

찻값을 치르고 나오자 교수님은 벌써 밖에 나와서 잎이 지고 있는 플라타너스 곁에 서 계셨다. 저녁 햇살이 번져 가고 있는 가을 하늘을 쳐다보고 계셨는데 윤곽이 뚜렷한 얼굴에는 소녀 같은 애수가 깃들어 있었다. 보는 사람에게 못마땅하다는 생각을 조금도 일으키지 않게 진실한 표정이었다.

“정말 술이라도 드시죠?”

“그만두지.”

“…….”

교수님과 나는 걷고 있었다.

무슨 생각에서였던지 교수님은 문득,

“옛날 얘기 하나 들어보겠나?”

하고 말씀하시고 웃으셨다.

“네, 해주세요.”

나는 필요 이상으로 좋아하는 빛을 보여드렸다.

‘정순은 한마디로 총명한 여자였다. 자기의 운명을 만들어낼 수 있는 것은 반드시 자기만은 아니라는 걸 적어도 알고 있었다. 설령 그것이 당시의 인습의 강요로 얻은 사고방식이라 할지라도 곁에서 보기에 아슬아슬하다거나 하는 느낌은 전연 가질 수 없도록 무어랄까 확신을 가지고 있는 듯했다. 사랑을 한다고 해도 리얼하다고나 표현해야 할 것으로 한교수보다는 적극적으로 애타하고 보다 적극적으로 울고 그러다가, 어느 날엔가는 자기 편에서 절교장을 보냈다가도 그다음 날 새벽 동이 훤해지기 바쁘게 부석부석한 눈으로 한교수의 하숙으로 달려와 방긋 웃으며, 저 지독한 거짓말쟁이예요, 하고 무릎을 꿇고 앉아 사죄를 하기도 하는 하여간 가슴이 타도록 한교수를 사랑하는 것이었지만, 그러나 한편으로는 배암과 같은 이기심을 발휘하여, 대학 졸업 후 런던 유학을 꾀하고 있는 한교수에게 그 계획을 포기하라고 희생을 강력히 요구해 오기도 하는 것이었다. 동갑이었다. 도쿄 유학을 온 학우들간에 '국회, 단(但), 남성'이란 별명을 가진 한교수에겐 정순과의 사랑이 무척 풀기 힘든 선택 문제로, 하나의 시련으로 하나의 굴레로 압박해왔다. 졸업 날짜가 가까워져 올수록 더욱 그랬다. 그때의 일기장을 펴보면 이렇게 적혀 있다고 한다. '대학 졸업 후 정순과의 결혼이냐 젊은 혼을 영국의 안개 낀 대학가에서 기를 것이냐. 둘 다 보배로운 일이 아닌가. 둘 다 한꺼번에 만족시킬 수 있다면 얼마나 기꺼운 일이냐. 그러나 정순은 나의 모든 학업이 끝날 때까지는 아마 기다릴 수 없으리라는 것이었다. 과년하다고 도쿄 유학도 겨우 용인해 주고 있는 고국의 부모들이 딸의 졸업 후에는 절대로 가만두지는 않을 것이라는 것이다. 자기가 일본 여성이라면 서른 살이 문제가 아니라 마흔까지도 기다릴 수 있겠지만 불행히도 자기의 부모는 이해심이 적은 조선 사람이라는 것이다. 그래도 내가 기다리라고 하면 목숨을 걸고 기다리겠지만 늙다리가 되어서는 자기 편에서 차마 결혼을 승낙 못 할 것 같다는 것이다. 결혼을 해놓고 서양 유학을 간다고 해도 그것은 내가 자신이 없다. 결국 둘 다 망치는 일이 될 것만 같아서다. 오직 하나 분명한 것은, 나는 정순을 지극히 사랑한다는 것뿐이다. 아아, 신이여 보살피소서.' 그러다가 마침내 결론을 얻었다. 졸업을 1년 앞둔 어느 봄날이었다. 도쿄의 하늘은 흩날리는 사쿠라 꽃잎으로 아슴해지고 사람의 심경도 마냥 혼미해지기만 하는 봄날의 꽃바람이 부는 밤이었다. 정순의 육체를 범해 버리기로 한 것이었다. 말똥말똥한 의식의 지휘 아래, 한 번, 두 번, 세 번, 네 번…… 수술대 위에 뉘어진 환자가 모르핀에 취할 때까지 수를 세듯 한 번, 두 번, 세 번, 네 번, 다섯 번. 그러자 예상했던 대로 한교수의 사랑은 식어질 수 있었다. 다음 해 사쿠라가 질 무렵엔, 마카오 경유 배표를 쥐고도 손가락 하나 떨지 않고 서 있을 수 있었다. 벌써 30여 년 전 얘기다.'

"흐흥, 그런데…… 그 여자가 어제 저녁 죽었다네."

"네?"

"장사는 내일 치르구…… 오늘 저녁에 입관을 한다나?"

"네? 그럼 사회학과 박교수님의……."

한교수님은 씁쓸히 웃으셨다. 가을 햇살이 내 에나멜 구두 콧등에서 오물거리고 있었다.

형이 나와 누나에게 어머니를 죽이자는 말을 처음 끄집어냈을 때도 내 발가락 사이로 초가을 햇살이 히히덕거리며 빠져나가고 있었다. 기침을 해가며 나직나직 말하는 형의 백짓빛 얼굴에서 나는 그를 미워할 아무런 건덕지도 찾아볼 수 없을 지경이었으니까. 왜냐하면 그런 말을 하는 형을 미워해야 한다면 어머니도 똑같이 미워해야 할 것이었는데 실상 나는 둘 다 미워하고 있지 않았다. 둘 다 사랑하고 있었다. 내가 설령 모두 미워하고 있었다고 하더라도 그것은 나의 그들에 대한 끝없는 사랑의 감정에서일 수밖에 없었다. 그러나 손쉽게, 사랑한다고 해서 내가 초가을 햇살이 눈부신 해변에서 들은, 지옥으로부터 나의 가슴에 육중하게 울려오는 저 끔찍한 음모를 납득할 수는 없었을 것이다. 차라리 수년 전 어느 새벽에 발자국을 밟고 따라가서 소라껍질 같은 나의 마음속에 잊지 않으리라 담아 두던 노랫소리의 빛깔로 하여 형의 이런 계획은 당연하다고 주억거릴 수 있었다고 하는 편이 나았다.

형을 따라 새벽에 해변엘 나간 적 있던 그 무렵 어느 날 저녁 때였다.

어머니는 마흔이 넘어 보이는 사내를 하나 데리고 집으로 왔다. 어머니가 생선장수를 시작하기 전으로, 바느질로써 용돈을 벌었고 남아 있던 살림살이를 하나씩 하나씩 팔아서 살고 있었을 때였다. 사내는 갯바람에 그을러서 약간 야윈 듯한 얼굴에 눈이 쌍꺼풀져 있었다. 모든 것이 자신만만하다는 듯한 태도를 가진 그 사내는 그날 저녁에 어머니와 함께 밤을 지내고 다음 날 새벽 일찍이 돌아갔다. 그날 나와 누나는 공포에 차서 덜덜 떨며 한숨도 자지 못하고 말았다.

중학교에 다니던 형도 엎치락뒤치락하며 밤을 그대로 새우고 있는 눈치였다. 다음 날 형은 학교엘 가지 않았다. 그것이 아버지의 사망 후에 어머니가 맞아들인 최초의 사내였다. 일본을 상대로 하는 밀수선의 선장이라는 건 그 사내가 그날 밤 이후로도 몇 차례, 몇 차례라고는 하나 시일로 따지면 거의 1년 동안 우리 집에 드나들 때 자연히 알게 되었다. 왜 어머니가 사내를 집 안으로 끌어들였는지 그리고 우리에게 아무런 인사도 시키지 않았고 말도 못 건네게 하였는지 그때는 아무래도 이해할 수가 없었다. 풍족하진 못했지만 돈이 없다고 짜증을 부리거나 불만을 가진 사람은 집안에 아무도 없었다. 그렇다고 사내를 우리들에게 아버지처럼 행세시키려 드는 눈치도 아주 없었다.

사내가 다녀간 다음 날에는 어머니는 형에게 무척 미안하다는 태도를 지어 보였다. 형으로 말하자면, 처음에 어리둥절했던 모양이다. 무엇을 어떻게 하겠다는 결심은 전연 서려 있지 않은 분노를 자기의 침묵과 눈동자에 담고 있었으나 그뿐 아무런 짓도 하고 있지 않았다. 그러나 자기의 행동에 어떤 결심을 갖다 붙일 수 없었던 것은 오로지 자기의 나이를 잘 알고 있기 때문이었던 모양이다. 두 번째의 사내는 세관 관리였다. 털보였다. 눈이 역시 쌍꺼풀져 있었다. 술고래인 모양으로 늘 몸에서 술 냄새가 나고 있었다.

세 번째 사내는 헌병문관(憲兵文官)이었다. 어머니보다 젊은 듯 했다. 안색이 창백하였으나 눈이 부리부리한 사람으로 우리들에게는 항상 적의 어린 시선을 쏴주고 있었다.

이때 형은 학교를 그만둔 뒤였다. 그 무렵 형의 약값으로 돈이 많이 들어서 살림이 상당히 쪼들리고 있었는데 그것이 미안해서였던지 아니면 이제는 충분히 나이가 들었다고 생각해서였던지, 세 번째의 사내가 처음으로 다녀간 다음 날 형은 드디어 어머니를 때리고 만 것이었다. 그리고 어머니의 눈에 처음으로 불이—희미하나 금방 알아볼 서 있는 파란 불이 켜지기 시작한 것이었다. 그리고 그 불빛 속에서 영원한 복종과 야릇한 환희와 그러나 약간의 억울함을 나와 누나는 본 것이었다. 그러한 빛깔을 한 불이 켜지면 누나는 안타까워서 동동 뛰었다. 그러나 나는 이미 포기해 버리고 있었으므로 누나를 달랠 수 있는 여유조차 갖고 있었다.

어머니는 형에게 연애를 권했다. 형은 학교를 그만둔 뒤로는 썩어가는 폐에 눈물 어린 호소를 해가면서 문학으로 방향을 바꾸고 있었으므로 어머니는 그런 핑계를 내세우고, 연애는 네 문학 공부에 어떤 자극이 될지도 모른다고 권했으나 형은 흥, 하고 웃어버렸다.

한 사람이 배반했다고 해서 자기까지 배반해 버릴 수는 없었던 모양인가. 더구나 배반한 사람이 어떤 의사이전(意思以前)의 절대적인 지시 아래에서는 어찌할 수가 없다는 사실을 알고 있었기 때문인가. 피난지에서 어머니가 한 번 좋은 처녀가 있는데 결혼할래, 하고 물었더니, 아무리 전쟁중이라도 어머니가 미쳐 버린다는 건 슬픈 일이에요, 라는 대답을 하고 나서, 어머니를 똑바로 쳐다보면서 싸늘한 웃음을 지었다. 어머니는 얼른 고개를 숙임으로써 그 시선을 피했지만 떨구는 어머니의 눈 속에는 그 파란 불이 켜져 있었던 것이 기억된다. 피난지에서 돌아와서부터 어머니가 사내를 집 안으로 데리고 오는 일은 없었다. 그러나 모든 것이 형에게는 마찬가지였다. 형은 무엇인가를 기어이 하고야 말리라고 얘기하고 있던 나는 그렇기 때문에 다락방에서 끊임없이 부스럭거리며 살고 있는 형을 공포에 찬 눈으로 주시하고 있었다. 누나도 마찬가지였다. 누나와 나는 유일한 동맹이었다. 내가 어린 날을 그래도 행복하게 보낼 수 있었던 것은 오직 누나가 있었기 때문이었다.

형이 어두운 다락방에서 우리에게 숨기며 쉬지 않고 무엇인가를 만들어가고 있듯이 나와 누나도 형과 어머니에게서 몇 가지 비밀을 만들어놓고 우리의 평안과 생명을 그 비밀왕국 안에서 찾고 있었다.

누나가 밤늦게 학교에서 돌아오면 나는 기다리고 있다가 다락방에 있는 사람에게 들키지 않도록 조심하며 밖으로 나간다. 누나도 석유 남폿불의 심지를 줄여놓고 나서 역시 살그머니 빠져나온다. 나와 누나는 발소리를 죽이며 어두운 숲 그늘을 밟고 산비탈을 올라간다. 해충이 끊임없이 솔솔 불어오고 있다. 소금기에 전 잎사귀들은 사그락대고 있다. 뱃고동 소리가 부우웅 울려 오고 작은 불빛들이 눈짓을 보내 주고 있다. 드디어 철조망이 나선다. 칙칙한 색으로 숲이 살랑대고 있는 철조망 저편에는 석조 저택이 우울하게 서 있다. 몇 개의 창에서 불빛이 새어나오고 있다. 현관에도 불이 켜져 있다. 우리는 철조망 이편에서 납작 엎드려 기다리고 있다. 엎드려서 우리는 흙내음과 풀내음을 들이마시며, 뜨거워져가는 숨소리를 느끼며 잔뜩 긴장하여 기다리고 있다.

이윽고 현관문이 밖으로 빛을 쏟아내면서 열리고 애란인인 선교사가 비척비척 걸어나온다. 깡마르고 키가 크다. 불빛 아래서는 번쩍이는 안경을 쓰고 있다. 유령처럼 그는 이쪽으로 천천히 걸어온다. 어떤 때는 고개를 숙이고 걸어오기도 한다. 사그락대는 나뭇잎 소리들이 이 밤의 정적을 더 돋우고 있을 때 그가 이편으로 걸이오는 발짝 소리는 무한히 신비스럽게 느껴진다. 이윽고 왔다. 우리가 엎드려서 힘을 눈에다 모으고 있는 철조망 저켠에는 몇 그루의 측백나무가 어둠에 싸여 있고 그 측백나무 아래에는 벤치가 하나 있다. 그는 드디어 거기에 앉는다. 털썩 주저앉는다. 나는 누나의 한 손을 꼭 쥐고 있다. 손에는 어느덧 땀이 흐르고 있다.

선교사는 멀리 아래로 보이는 시가지의 불빛들을 꿈꾸듯이 보고 있다. 바람에 실려오는 소금기를 냄새 맡는 듯이 그는 코를 두어 번 킁킁거려 본다. 드디어 바지 단추를 끄른다.

홍청대는 항구의 여름밤과는 상관없이 바위처럼 고독한 자세 하나가 우리의 눈앞에서 그의 기나긴 방황을 시작하고 있다. 그렇게도 뛰어넘기 힘든 조건이었던가. 일요일에 교회에서만 선교사를 대하는 신도들에게는 도대체 상상될 수 없는 그래서 무수한 면을 가진, 아아 사람은 다면체였던 것이다. 바람은 소리없이 불어오고 잎들조차 이제는 숨을 죽이고 이슬방울들이 불빛에 번쩍이면서 이 무더운 밤이 해주는 얘기에 귀를 기울일 때 나의 등에도 누나의 등에도 어느새 공포의 식은땀이 흐르고 있었다.

이윽고 끝났다. 그는 어둠 속에서 한숨처럼 긴 숨을 몇 번 쉬고 느릿느릿 일어나서 바지를 추켜입고 힘없이 비척거리며, 온 길을 되돌아간다. 그제야 우리들은 쥐었던 손을 놓고 일어선다. 이마에서는 땀이 흐르고 있다. 우리는 기진맥진하여 불빛들이 사는 비탈 아래로 내려온다.

우리의 왕국에서 우리는 그렇게도 항상 땀이 흐르고 기진맥진하였다. 그러나 한 오라기의 죄도 거기에는 섞여 있지 않은 것이었다. 오히려 거기에서 우리는 평안했고 거기에서 우리는 생명을 생각하고 있었다. 낮에 우리는 가끔 그 선교사가 자동차를 타고 지나다니는 것을 본 적이 있지만 전연 딴 사람처럼 명랑해 보였다. 명랑하게 달려가는 자동차의 뒤에서 우리는 늘 미소를 가질 수 있었다. 다시 한번 말하거니와 우리가 꾸며 놓은 왕국에는 항상 끈끈한 소금기가 있고 사그락대는 나뭇잎이 있고 머리칼을 나부끼는 바람이 있고 때때로 따가운 빛을 쏟는 태양이 떴다. 아니, 이러한 것들이 있었다기보다는 우리들이 그것을 의식하려고 애쓰고 있었다고 하는 게 옳겠다. 그러한 왕국에서는 누구나 정당하게 살고 누구나 정당하게 죽어간다. 피하려고 애쓸 패륜도 아예 없고 그것의 온상을 만들어주는 고독도 없는 것이며 전쟁은 더구나 있을 필요가 없다. 누나와 나는 얼마나 안타깝게 어느 화사한 왕국의 신기루를 찾아 헤매였던 것일까!

햇빛이 눈부시게 빛나는 해변에서 형이 어머니를 죽이자고 했을 때 나는 훌쩍훌쩍 울어 버리고 말았지만 그것은 형의 말에 반대해서라기보다는 오히려 형에게 얼마든지 동감할 수가 있었기 때문일 것이다. 형은 그 말을 함으로써 스스로 성자의 지위에 올랐다고 생각할 것이다. 누나도 사실 어머니에게 불만이 없는 것은 아니었다. 그렇다고 그 불만이 형을 위해서 있는 것은 아니었다. 누나는 가장 영리하였다. 그 눈부신 해변에서 누나는 한마디 말도 않고 한 개의 표정도 바꾸어 짓지 않았지만 그것은 누나의 아름다운 노력일 뿐이었다. 누나는 영리하였다. 형은 어머니의 거의 문란하다고나 해야 할 남자 관계를 굳이 내세우며 우리를 설복시키려고 애쓰고 있었지만(그것은 우리를 철부지로 여기고 있었기 때문일 것이다. 철부지에게는 본능적인 의협심이 행위의 충동이 되는 걸로 형은 생각했을 것이다.) —사실 나도 그따위는 아무것도 아니라고 생각했다. 형의 의도는 그 너머에 있는 것이었으니까—누나는 귓등으로 흘려 버릴 정도로 모든 것을 알고 있었다.

모든 오해를, 옳다, 모든 오해를 누나는 알고 있었다. 그러나 영원히 풀어 버릴 수 없는 오해라는 것도 알고 있었다. 무서운 결과를 무릅쓰지 않고서는 누나는 결코 그 오해를 풀어 줄 수가 없다는 것도 알고 있었다. 아아, 이렇게 얘기해서는 안 되겠다. 이것은 너무나 막연한 표현들이다. 한마디로 말하고 싶다. 어머니는 영혼을 사러 다니는 마녀와 같다고 형은 경계하고 있었고, 한편 형은 빈틈을 쉬지 않고 노리는 어떤 악한 세력이라고 어머니는 생각하고 있었다.

이러한 생각들은, 나와 누나의 직관 속에서 보면, 분명히 아버지의 사망 후에 비롯된 것이었고 비록 은근한 것이었다고는 하나 얼마나 끈덕진 것이었던지 이것이 어떤 해결 없이는 새로운 생활—새롭다고 한들, 남들은 별 생각 없이 예사로 사는 그런 생활을 할 수는 도저히 없는 것이었다.

형과 어머니는 주고받는 시선 속에서 우습도록 차디찬 오해를 나누고 있었다. 그뿐이다. 둘 다 오해를 하고 있었던 것뿐이다. 상상의 바다를 설정해 놓고 그곳을 굳이 피하려고 하는 뱃사람들처럼 어머니와 형도 간단하게 살아갈 수는 없었던 것인가.

누나가 마지막까지 눈물겨운 노력을 포기하지 않았던 것을 나는 알고 있다. 모래가 따가운 해변에서 돌아와서 일주일인가 지난 밤이었다. 누나는 그날 저녁 학교를 쉬고 노트에 부지런히 글을 짓고 있었다. 열여섯 살짜리 계집애로서는 그 이상 더 어떻게 할 수 없는 노력이었다. 나는 남포에 석유를 붓고 누나가 쓸 연필을 깎아 놓았다. 그러고 나서 누나 곁에 엎드려서 근심스럽게 누나의 노력을 바라보고 있었다. 작문은 이런 것이었다.

'내 어머니의 '남자 관계'를 내가 어렸을 때는 막연한 어떤 심리에 사로잡혀 미워하고 심지어 내 어머니는 '갈보'라고까지 욕을 했고 그리고 나의 기억에도 아버지와 놀던 세세한 일은 거의 남아 있지 않을 정도로 오래전에 돌아가신 아버지를 애타게 그리워했고 그 아버지를 잊어 버리고 다른 남자와 '놀아나는' 어머니를 더욱 미워하게 됐고 그래서 혹시 그런 남자가 집에 오기라도 하면 나는 일부러 방문을 탁 닫기도 하고 큰 장독으로 돌을 가져가서 차마 독을 쾅 깨어 버리지는 못하고 땅땅 두들겨 보고 그러다가 그 독아지 속에서 울려오는 무거운 소리를 귀 기울여 들으며 어머니에 관한 일은 잊어 버리기로 하곤 하였다. 이제 와서 생각하면 그처럼도 어머니를 못 이해하고 있었다니, 하는 후회만이 앞선다. 어머니가 사귀던 몇 남자들의 얼굴을 나는 똑똑히 외우고 있다. 그들은 차례차례 어머니를 거쳐갔는데 이상하게도 그 남자들의 용모에는 공통된 점이 많았다. 눈이 쌍꺼풀이라든지 콧날이 오뚝하고 얼굴색이 비교적 창백하다든지, 하여간 나의 기억 속에 그들의 얼굴은 서로 비슷했다. 그리고 좀 더 거슬러 올라가면 그것은 놀랍게도 아버지의 얼굴과 거의 일치되는 것이다. 어머니는 사귀고 있는 남자를 우연한 기회에 보게 되었을 것이다. 그리고는 옛날 당신의 한창 젊음을 바쳐 사랑하던, 그리고 그보다도 더 큰 아버지의 사랑을 받던 날을 생각할 것이다. 아아, 어머니는 얼마나 아버지를 찾아 헤매였던 것일까. 내 어린 시절의 기억 속에 불쾌감을 모질도록 일으키던 어머니의 '남자 관계'는 곧 내가 사랑하는 그리고 어머니가 사랑하는 아버지를 찾아 헤매던 일이기도 했던 것이다.'

물론 이 작문은 거의 완전한 허구였다. 그러나 최후의 노력이었다. 누나는 그 작문을 들고 다락방으로 올라갔다. 나는 기도하듯이 손을 모으고 다락방으로, 지옥으로 올라가고 있는 한 사도의 순결한 모습을 바라보고 있었다. 지루하도록 오랫동안 그 사도는 내려오지 않았다. 이윽고 다락의 층계를 밟고 사도는 피로한 모습을 하고 내려왔다.

절망. 형은 발광하는 듯한 몸짓으로 픽 웃더라는 것이다. 그리고 누나에게 이런 뜻의 말을 하더라는 것이다. 어머니의 '남자 관계'를 너는 그렇게 해석해도 무방하다. 그러나 실은 그것에서 그치는 것은 아니다. 그것은 일종의 극기일

뿐이다. 극기일 뿐이다. 극기일 뿐이다…….

"옛날 일을 그래서 지금은 후회하세요?"

"후회하냐고?"

교수님은 무슨 소리냐는 듯이 눈을 동그랗게 뜨셨다. 그러자 그러한 당신의 표정이 서운하셨던지 입술을 주름지게 모아 쏙 내민 채 애처롭게 웃으셨다.

또 형만 억울하다는 듯한 표정으로 이렇게 말하더라는 것이다. 어머니의 나에 대한 나의 운명적인 요구에 나는 어떻게 대처해야 할지 모르겠다(나와 누나에게는 이 말처럼 미운 것이 없었다). 솔직히 말하마. 남들에게는 지극히 평범하고 세속적인 관계일 수밖에 없는 것이 내게는 왜 이렇게 험악한 벽으로 생각되는지, 나는 참 불행한 놈이다. 절망. 풀 수 없는 오해들. 다스릴 수 없는 기만들. 그렇다고 장난꾸러기 같은 미래를 빤히 내다보면서도 눈감아 버릴 수는 없는 것이다. 절망. 절망. 누나와 나는 그다음 날 저녁, 등대가 있는 낭떠러지에서 밤 파도가 으르렁대는 해변으로 형을 떠밀었다. 우리는 결국 형 쪽을 택한 것이었다. 미친 듯이 뛰어서 돌아오는 우리의 귓전에서 갯바람이 윙윙댔다. 얼마든지 형을, 어머니를 그리고 우리들을 저주해도 모자랐다. 집으로 돌아와서 불을 켜자 비로소 야릇한 평안을 맛볼 수 있었다.

그리고 얼마 있지 않아서였다. 판자문을 삐걱거리며 열고 물에 흠씬 젖은 형이 살아서 돌아온 것이다. 우리의 눈동자는 확대된 채 얼어붙어 버렸다. 형은 단 한마디, 흐흥 귀여운 것들, 해놓고 다락방으로 삐걱거리며 올라갔다. 그리고 사흘 있다가, 등대가 있는 그 낭떠러지에서 스스로 몸을 던져 죽은 것이었다. 나와 누나의 눈에는 감사의 눈물이 번쩍이고 있었다. 그러니 어머니의 오해에는 어떻게 손대볼 도리 없이 우리는 성장하고 만 것이었다.

만화로써 일가를 이룬 오선생 같은 분도, 좀 이상한 얘기지만 일을 하다가 문득 윤리의 위기 같은 것을 느낄 때가 있다, 라고 내게 말씀하시는 때가 있다. 윤리의 위기라는 거창한 말을 쓰고 있지만, 내가 보기엔 작은 실패담이라고나 할 수밖에 없는 일인데, 당사자에겐 퍽 심각한 문제인 모양이다. 이야기인즉, 하얀 켄트지를 펴 놓고 먼저 연필로 만화 초(草)를 뜬다. 그러고 나면 펜에 먹물을 찍어 연필 자국을 덮어 그리는데, 직선을 그려야 할 경우에는 어쩐지 손이 떨려서 그만 자를 갖다대고 그려 볼 때가 가끔 있다는 것이다. 그렇게 해서 다 그리고 난 뒤에 작품을 보고 있노라면 어쩐지 자꾸 그 직선 부분에만 눈이 가고, 죄의식이 꿈틀거린다는 것이다. 그리고 독자들이 이렇게 외치는 소리가 들리는 듯하다고 한다. 그건 당신의 선이 아니다. 그것은 직선이라는 의사밖에는 가지고 있지 않는 자(자)의 선이다. 당신은 우리를 속이려 하는구나, 라고.

형 같은 경우는 아예 비길 수 없이 으리으리하게 확립된 질서 속에서 오선생은 살고 있는 것이지만 긍정이라든지 부정이라든지 하는 따위의 의미를 일체 떠난 순종의 성곽 속에도 밤과 낮이 있는 모양이었다.

"오늘 저녁이 입관하시는 데 가보시겠군요?"

나는 고개를 돌려서 물었다. 교수님은 난처한 웃음을 띠셨다.

"내가 울까?"

"네?"

"정순의 죽은 얼굴을 보고 내가 울까?"

"물론 안 우시겠죠."

"……."

"……."

"그렇다면 갈 필요가 없을 것 같군."

옳은 말씀이다. 이제 와서 눈물을 뿌린다고 해서 성벽이 쉽사리 무너져날 것 같지도 않은 것이다.

"슬프세요?"

내가 웃으며 물었더니,

"글쎄, 지금 생각 중이야."

라고 대답하셨다.

나는 할 수 없이 또 한 번 웃고 말았다.

차나 한잔

오늘 아침에도 그는 설사기 때문에 일찍 잠이 깨었다. 자리에서 일어나기가 싫어서 참을 수 있는 데까진 참아 보려 했다. 그러나 배가 뒤끓으면서 벌써 항문이 움찔거려서 견디어낼 수가 없었다. 휴지를 챙겨 들고 변소로 갔다. 어제 저녁에 먹은 구아니딘이 별로 효과를 내지 못한 모양이다. 변소에 쭈그리고 앉아서 그는 자기의 배앓이에 대해서 생각해 보았다. 과식을 했다거나 기름진 것을 먹은 적도 요 며칠 안엔 없었다. 있었다면 좀 심한 심리의 긴장 상태뿐이었다. 신문에서 자기의 연재만화가 요 며칠동안 이따금씩 빠져 있었기 때문에 그는 나쁜 예감으로 불안해 있었던 것이다. 재미가 없었던 것일까, 하고 생각하며, 그래도 여전히 그날분의 만화를 그려서 가지고 가면, 문화부장은 여느 때와 똑같은 태도로 만화를 받아서 여느 때와 똑같이 열심히 그것을 보고 나서 여느 때와 똑같이 아주 우스워서 못 견디겠다는 듯이 오랫동안 고개를 끄덕이며 낄낄거리고 나서,

"좋습니다. 아주 길작입니다."

라고 말하는 것이었다. 그러면 그는, 문화부장의 태도에 다분히 과장이 섞인 것을 보면서도, 역시 겨우 안심을 하고 묻는 것이었다.

"오늘치는 빠졌더군요."

그러면 문화부장은 안경을 벗어서 양복 깃에 닦으면서,

"아, 기사 폭주 관계입니다."

라고 간단히 대답하는 것이었다. 그 이상 더 물을 수가 없어서 그는 자신을 안심시켜가며 데스크 위에 흐트러져 있는 경쟁지들과 일본에서 온 신문들 그리고 통신사에서 배달된 유인물들을 대강 훑어보고 나서 나오는 것이었고 그다음 날 아침 신문을 보면 또 만화가 빠뜨려진 채 배달되곤 했다. 오늘도 기사 폭주 때문일까, 하고 문화면을 살펴

보는 것이지만 썩 대단한 기사들이 실린 것도 아닌데다가, '그렇다면, 그전, 만화가 꼬박꼬박 나올 때엔 한 번도 기사 폭주가 없었단 말인가?' 하는 의혹이 생기는 것이었다.

그런 이유로 그는 며칠 전부터 긴장되어 있었는데, 어제 새벽부터는 설사가 시작되었다. 그는 자신의 배앓이가 낭패해 가고 있는 자기의 심리 상태에서 결과된 것이라고 믿게 되었다.

그는 똥이 더 나올 듯한 개운치 않음을 느끼며 방으로 돌아와서 이불 속으로 들어가서 아직도 잠들어 있는 아내와 나란히 누웠다.

그는 머리맡에 풀어놓은 손목시계를 누운 채, 한 손만 뻗쳐 더듬어 집었다. 그리고 미닫이의 방문을 비추고 있는 새벽의 희미한 빛에 시계를 비추어보았다. 6시가 좀 지나고 있었다. 시계를 다시 머리맡에 놓고 그는 이불을 턱밑까지 끌어올려 덮고 왼손을 아내의 사타구니에 밀어넣었다. 그리고 천장을 올려다보며 오늘분의 만화를 구상하기 시작했다.

그러나 얼른 얘깃거리가 생기지 않는다. 삼분폭리(三粉

暴利)를 깔까? 한일회담을 취급하자. 아니 그건 지난번에도 그려가지고 갔었다. 신문엔 나지 않고 말았지만. 평범한 가정물로 하나 생각해 보자. 그러나 얼른 얘깃거리가 생기지 않는다. 대통령으로 약속하는 검정 안경을 쓰고 볼이 홀쭉한 인물과 '아톰 X군'의 얼굴만이 그의 눈앞에 아른거렸다.

'아톰 X군'은 어린이를 상대로 하는 어느 주간신문에 그가 연재하고 있는 우주의 용사였다. 꼭대기에 안테나가 달린 산소 투구를 머리에 쓰고 등에는 산소 탱크와 연료 탱크를 짊어지고 만능의 고주파 총을 들고 눈알이 동글동글하고, 화성인을 상대로 용감무쌍하게 투쟁하는 소년 용사였다. 검정 안경을 쓴 대통령 각하와 탱크를 들썩이나 짊어진 아톰 X군, 그리고 어쩌다가 생각난 듯이 청탁이 들어오는 몇 군데 잡지의 만화가 그와 그의 아내에게 밥을 먹여주고 있는 것이었다. 주수입은 아무래도 대통령이 많이 나오는 신문의 연재만화 쪽이었다. 그러나 주수입이라고 해도, 끼니를 제외하고 담배와 차를 마시고 가끔 당구장엘 드나들고 나면 이따금 아내와 함께 영화를 보러 갈 수 있는 정도였다. 그렇지만 그 수입 원천이 흔들리는 불안을 그는 느끼게 된 것이었다. 설사가 나올 만도 하지, 라고 스스로 꼬집어 생각하자 잠깐 웃음이 나왔다가 사그라졌다.

그는 어쩌다가 내가 만화를 그리기 시작했나 하고 자신의 이력을 검토해 보기 시작했다. 이른바 일류 대학을 지망했다가 실패하자, '나만 열심히 하면 어느 대학이고 어떠랴' 하고 들어간 정원 미달의 어느 삼류대학 사회학과를 마치고, 입대하여 훈련을 마치자 어쩌다가 떨어진 게 정훈(政訓)이었고 정훈에서 어쩌다가 맡은 게 군내 신문 편집이었고 그리고 어쩌다가 보니까 거기에서 만화를 그리고 있었고 제대하여 취직할 데를 찾던 중 어느 회사의 굉장한 경쟁률의 입사시험에 응시했다가 떨어지고 그러나 거기에서 함께 응시했다가 함께 미역국을 먹은 여자와 사랑하게 되어 사랑하는 이를 위해서는 모험이라도 불사하겠다는 각오로 군대에 있을 때의 어설픈 경험으로써 대학 동창 하나가 기자로 들어가 있는 신문에 그 친구의 소개로 만화를 연재하게 되었고, 밥값이 생기자 그 여자와의 결혼식은 빼어 버린 부부가 되어, 한 지붕 밑에 여러 세대가 살고 있는 이 집의 방 한 칸을 세내어 들고 오늘에 이르렀음.

그야말로 '어쩌다가'의 연속이었다. 그는 자기가 지난날 우연 속에 자신을 맡겨 버린 것이 갑자기 역겨워졌다. '거지 같은 자식이었다' 하고 그는 자신을 욕했다. 손톱만큼이라도 좋으니 나의 주장이 있었어야 할 게 아닌가. 그러나 다시 한번 자기의 이력을 검토해 보면 그 망할 놈의 군대 생활이 끼어 있었기 때문에 사실 어쩔 도리가 없었다고 생각하게 되었다. 군대 속에서 어떻게 자기의 희망대로 생활할 수 있단 말인가. '좌향 앞으로 갓!' 하면 왼쪽으로 돌아야 하고 '포복!' 하면 엎드려서 기어야 했었다. 마치 그의 만화속의 인물들이 자기들의 표정과 운명을 그의 펜 끝에 맡겨 버릴 수밖에 없듯이 우연 속에 자신을 맡겨버리는 습관을 가르쳐준 게 그놈의 군대였다. 그런데, 하고 그는 생각했다. 하긴 거긴 평안했어. 적어도 신경쇠약에 걸릴 염려는 없었거든. 그는 여전히 천장을 올려다보며 생각했다. 이제 와서 대학에서 배운 것을 팔아먹고 싶다고 앙탈하지는 않겠다. 만화 일만이라도 계속할 수 있어야겠다.

그는 잡념을 없애기 위해서 베개에서 머리를 약간 위로 들어 머리를 몇 번 흔들었다. 오늘분의 만화를 구상해야 했다. 엊저녁에 그려 놓았어야 하는 건데, 아니 구상만이라도 해놓았어야 하는 건데, 하고 그는 자신을 나무랐다. 엊저녁엔 도대체 무얼 했었나? 그제야 그는 엊저녁에 자기가 술을 마시고 들어왔던 것을 기억해내었다. 선배 만화가 한 분에게 끌려나가서 마신 게 퍽 취했었나 보다. 몇 시쯤 집에 돌아왔는지가 생각나지 않을 정도니까. 퍽 취했던 셈 치고는 잠을 깨고 나도 머릿속이 맑다. 좋은 술이었던 모양이지. 그러나 그는 자기의 긴장 상태 때문이라고 할 수 없이 생각했다. 이렇게 배가 곯고 거기에다가 만취 후인데도 머리가 무겁지 않을 수 있는 것은 그런 이유가 아니면 무엇일까. 그건 그렇고 그는 오늘분의 만화를 구상해야 하는 것이었다. 담배가 피우고 싶어졌다. 자유로운 한쪽 손으로 머리맡을 더듬어 담배 한 대 빼서 입에 물고 성냥을 집어들었다.

그런데 담배의 매운 연기가 잠들어 있는 아내의 코로 스미면 아내의 잠을 깨게 하리라. 그는 단잠을 자고 있는 아내를 깨우고 싶지가 않았다. 도로 담배를 머리맡으로 던져두고 시선을 아내의 얼굴로 돌렸다. 언제 보아도 귀여운 얼굴이었다. 이렇게 옆으로 누워서 보면 마치 전연 알지 못하는 사람의 얼굴처럼 보이는데 그것이 그에게는 꽤 재미있었고 야릇한 흥분조차 느끼게 하는 것이었다. 그는 이른 아침의 희미한 빛 속에서 엷은 명암을 지닌, 전연 알지 못하는 사람의 얼굴 같은 아내의 얼굴을 시선으로써 찬찬히 더듬기 시작했다. 그러자 아무래도 알지 못하는 사람의 얼굴 같았다. 그리고 여느 때와 달라서 오늘은 그 전연 남의 얼굴 같은 아내의 얼굴이 그에게 야릇한 흥분을 일으켜주는 것이 아니었다. 오히려 그는 문득 조바심이 나고 불안해져서 고개를 들고 아내의 얼굴 바로 위에서 정면으로 아내를 내려다보았다. 틀림없는 자기의 아내였다.

속눈썹이 가늘게 떨고 있는 걸 보아서 아내는 잠이 깨어 있었던 모양이다. 남편이 만화 구상을 하는 태도일 때면 아내는 언제나 없는 듯이 침묵을 지켜 주었다. 낮일지라도 흔히 잠자고 있는 시늉을 해버리는 것이었다.

그는 천천히 고개를 숙여서 아내의 입술에 가벼운 키스를 했다. 그제야 아내는 눈을 뜨고 눈으로 웃음을 지어 보였다.

"일찍 깨셨군요."

아내가 속삭이듯이 말했다.

그는 미소를 띤 채 고개를 끄덕이고 나서, 아내의 사타구니에서 자기의 왼손을 빼내어 팔베개로 해줬다. 그러자 그는 좀 전에 느꼈던 조바심과 불안이 가셔지는 것을 느꼈다.

"엊저녁에 나 늦게 들어왔지?"

그도 속삭이듯이 말했다.

"별루요. 8시 반쯤 들어오셨어요."

아내는 방긋 웃고 나서,

"굉장히 취하셨댔어요. 주정도 하시구……."

"주정? 어떻게 했지?"

"사람이란 시새움이 많아야 잘사는 법야, 하셨죠. 그 말만 자꾸 하셨어요. 천장을 보시면서요. 천장에 그 말을 박아 놓을 듯이 말예요."

아내는 그에게 엊저녁의 그를 일러 놓고 나서 소리를 죽여서 키득키득 웃었다.

그는 자기가 왜 그런 주정을 했을까. 알 수 없었다. 평소에 맘에 먹고 있던 말도 아니였다. 아마 우연히 한마디 했는데 그게 마음에 들어서 자꾸 반복했었던 것이겠지.

"내가 엉뚱한 주정을 했던 모양이군."

그가 쑥스러워 피시시 웃었다.

갑자기 아내가 그의 입을 자기의 손가락으로 막고 고갯짓으로 옆방을 가리켰다. 옆방과 이 방을 가르는 벽이 옆방에 사는 아주머니와 아저씨의 높은 숨소리를 이쪽으로 통과시키면서 규칙적으로 그리고 조용히 흔들리고 있었다.

"난 또 뭐라고."

하며 그는 장난꾸러기 같은 웃음을 눈에 담고 있는 아내를 내려다보며 또 한번 피시시 웃었다.

"엊저녁에도 한바탕 싸워서 아주머니는 울고불고 야단했었는데…… 부부 싸움이란 정말 칼로 물 베기인가 봐."

아내는 여전히 장난스런 눈을 하고 속삭였다.

"또 싸웠어? 난 잠들어서 몰랐었는데…… 그리고는 재봉틀을 돌렸겠지."

"그럼요. 한바탕 싸우고 나서도 다시 재봉틀을 돌렸어요. 제가 잠들 때까지 재봉틀 소리를 들었으니까요. 하여튼 지독한 아주머니예요."

"저 아저씨도 나쁜 사람은 아닌데……."

"그러게요. 술만 안 마시면 좀 얌전한 분이에요?"

"허긴 흔히 아주머니가 먼저 시비를 걸더군. 며칠 전에 저 아저씨가 그러더군. 술을 마시고 들어가면 아내가 앙탈을 하는데 말야, 사실 염치도 없고 그래서 별수 없이 주먹질을 한다는 거야."

"그렇긴 해요. 그렇지만 아주머니도 그럴 만하잖아요? 부인이 팔이 빠지도록 밤 12시가 넘도록 재봉틀을 돌려서 번 돈으로 술을 마시면 어떡해요. 애들이 넷이나 있는데 벌어오진 못할망정 말예요."

"뭐 가끔이던데."

"하여튼 지독한 아주머니예요. 전 이젠 달달거리는 재봉틀 소리 땜에 미칠 것 같아요."

"정말이야."

사실 옆방 아주머니의 삯바느질 재봉틀 소리는 좀 과장하면 이쪽을 비웃는다고 할 정도로 밤낮없이 달달거렸다. 제법, 제법이 아니라 진짜로, 진짜 정도가 아니라 무지무지하게 생활을 아끼며 순종하고 있다는 듯했다. 그 재봉틀 소리가 그들의 안면을 유난히 방해하는 저녁이면 때때로 그들은 이불 속에서 입을 삐죽거리며 속삭이곤 했다.

"어지간히 성실하게 사는 척하지?"

"정말예요."

아내는 잽싸게 대답하며 키득거리곤 했다.

저 정도의 열심으로써라면, 하고 그는 이따금 생각하는 것이었다. 다른 일을, 말하자면 시상에 가서 장사라도 한다면 수입이 더 나을 텐데.

"오늘치, 다 생각하셨어요?"

아내가 걱정스러운 표정으로 그에게 물었다.

"아니, 아직……."

"아이! 그럼 어서 생각하세요."

아내는 자기가 베개 삼아 베고 있던 그의 팔을 자기의 손으로 빼내고 나서 그를 살짝 밀면서 말했다.

"저 조용히 하고 있을게요."

아내는 반듯이 누워서 눈을 감았다가 다시 떠서 그의 쪽으로 얼굴을 돌리고,

"담배 피우세요."

라고 말하고 나서 다시 고개를 반듯이 하고 눈을 감았다.

그는 아까 던져 두었던 담배를 집어서 입에 물었다. 막 성냥을 키려고 할 때 그는 대문께에서 들려오는 배달원의 "신문이요오." 하는 소리와 신문이 땅에 떨어지는 찰싹 소리를 들었다. 아내도 들었는 모양인지 자리에서 일어났다.

대문간에 배달된 신문을 가지러 가는 일은 항상 아내가 해왔었다.

"아니, 내가 가져오지."

그는 아내에게 말하면서 일어났다. 그러나 갑자기 부끄러움 비슷한 느낌이 들었다. 다시 누워 버리면서 그는 아내에게 말했다.

"당신이 가져오구려."

그는 신문을 들고 방으로 들어오는 아내의 표정이 오늘도 만화가 나지 않았음을 알았다.

"요즘은 매일 기사가 넘치나 봐요."

아내는 신문을 그에게 건네주면서 조심스럽게 말했다.

"글쎄."

그는 신문을 받아서 1면부터 훑어보기 시작했다. 자기의 만화가 실리는 5면부터 펼치던 여느 때의 습관을 누르고

서. 아내는 옷을 갈아입고 아침밥을 지을 준비를 하기 시작했다. 그는 한 면 한 면을 천천히 그러나 실상은 아무 기사도 보지 않은 채 넘겼다. 5면에서 자기의 만화가 들어갈 자리에 오늘은 영국의 어느 '보컬 그룹' 에 대한 소개 기사와 그들이 입을 쩍 벌리고 찍은 사진이 버티고 있는 것을 보고 그는 눈앞이 캄캄해졌다.

아내는 바가지에 쌀을 담아가지고 밖으로 나가려다가 생각난듯이 그의 머리맡에 쭈그리고 앉으며 말했다.

"그렇지만 그때 그때의 시사성에 따르는 거니까 말야……."

그는 생각하며 말하듯이 일부러 느릿느릿 대답했다.

"한 달분 스물여섯. 일곱 장은 채워야 월급을 줄 게 아니야?"

아내는 생긋 웃으며 일어나서 밖으로 나갔다. 그는 방금 아내의 웃음이 아마 알았노라는 대답이려니 생각하면서도 자꾸만 마음에 걸렸다. 그는 천천히 담배를 빨면서 소재를 찾기 위해서 신문을 뒤적거렸다. 그러다가 그는 문득 생각이 나서 밖을 향하여 말했다.

"난 흰죽을 좀 쒀줘요."

그는 10시 가까이 되어서 집을 나섰다. 여느 때와 같이 서류용 가방 속에 아직 먹물이 마르지 않은 만화를 조심스럽게 넣어서 옆구리에 끼었다. 오늘분의 만화도 독자를 웃기기에 별로 자신이 없었다. 항상 그렇듯이,

"화장지 좀 넣고 가세요."

그가 방을 나설 때 아내는 둘둘 말린 휴지뭉치에서 얼마간 찢어내어 차곡차곡 접어서 그의 호주머니에 넣어 주었다. 세심한 주의력을 가진 아내에게 감사와 귀여움이 섞인 느낌이 울컥 솟아나서 그는 손을 들어 아내의 볼을 쓰다듬었다. 아내의 볼 위에 눈물 자국이 남아 있었다. 아침식사 때, 밥상 위로 기어올라오는 이름 모를 작은 벌레를 그는 무심코 엄지손가락으로 문질러 버렸는데 그것이 아내를 울게 만든 이유였다. 아내가 더듬거리는 것을 종합하면 그가 요즘 이상해지고 있다는 것이었다. 뚜렷이 이상해진 증거를 댈 순 없지만 느낌으로써랄까, 말하자면 조금 전 벌레를 잔인하게 눌러 버릴 때의 그는 확실히 좀 변해 버린 사람 같다는 것이었다. 그전 같으면 "에잇 더러운 게 있군." 하

고 중얼거리면서 종이를 달라고 하여 거기에 벌레를 싸서 밖으로 던졌을 거라는 것이었다. 묵과하려고 했지만 요즘 당황해하고 있는 당신을 보니까 자기마저 이상스레 행동하고 허둥거려진다 하고 나서 "울어서 미안해요." 하며 방긋 웃으면서 눈물을 닦았던 것이다.

"혼자 심심할 텐데 영화 구경이나 갔다 와요."

그는 집을 나서면서 아내에게 말했다.

그가 버스정거장으로 나가는 골목을 빠져나오는데, "이 선생, 이선생." 하고 누가 그를 불렀다. 골목의 입구에는 판잣집 하나가 가게와 복덕방으로 나누어져 있는데 그를 부르는 사람은 복덕방 영감이었다. 그 영감이 그가 지금 들어 있는 방을 소개시켜 준 사람이었다. 그는 자기를 부르고 있는 사람 앞으로 걸어갔다.

"영감님, 안녕하세요?"

그가 인사했다.

"안녕하슈? 어째 안색이 좋지 않습니다."

영감은 안경 너머로 그를 노려보며 말했다.

"예, 제 배가 좀 아파서요."

"허어, 요샌 배앓이쯤은 별일도 아닌데, 약 사잡숫구려."

"먹었는데 별루……."

"허긴 요샌 가짜 약도 흔해서. 참 곶감을 달여 먹어보우. 뭐 금방 나을걸."

"그래요?"

그는 신기한 처방을 들었다는 듯한 말투를 꾸며서 대답했다.

"암 그만이지요. 그런데 이선생……."

그러면서 영감은 무슨 비밀히 할 얘기가 있다는 얼굴로 그의 한 팔을 붙잡고 그를 복덕방 안으로 데리고 들어갔다.

"요즘 신문에서 왜 이선생 망가를 볼 수가 없수?"

영감은 그의 턱 앞에 자기의 얼굴을 바싹 들이대며 물었다.

"아, 그건……."

그러자 영감은 고개를 절레절레 흔들면서 추궁하듯이 말했다.

"아아아, 나는 절대루 이선생 지지자요. 나한텐 솔직히 얘기해두 염려할 거 하나두 없어요. 심하게 정부를 까더니 그예 당한구려?"

그제야 그는 영감이 묻는 의도를 알았다.

"그게 아니라……."

"뭐가 그게 아니야. 그렇잖고서야 그렇게 꼬박꼬박 나오던 망가가 갑자기 나오지 않을 리 있수? 이야기해 보아요."

영감은 술 때문에 항상 핏발이 서 있는 눈으로 그를 노려보면서 기어코 자기의 예상을 만족시키고 말겠다는 듯이 물어대었다.

"그게 아니라 제가 직업을 바꿨어요."

그는 얼떨떨해서 그렇게 대답해버렸다.

"아니 이젠 망가를 그만두었다고?"

영감은 예상이 어긋나서 맥이 빠졌다는 음성으로 말했다. 그렇다고 대답하면서 그는 정말 자기는 만화 그리기를 그만둘지도 모른다는 생각이 문득 들었다.

"무슨 까닭이 있겠지. 암, 있구말구. 틀림없이 있어."

영감은 자기 좋을 대로 한마디 해댔다.

버스에 흔들거리며 신문사로 가면서, 그는 영감의 의견과 같이 정부측의 압력 때문에 만화 연재를 중단할 수 있다면 얼마나 행복할까, 하고 생각했다. 그렇게만 된다면 그것은 필화 사건이 된다. 그리고 그렇게만 된다면 그는 영웅이 될 수도 있다. 사실 옛날 자유당 시절에는 그런 사례가 있기도 했었다. 그러나 위정자가 바뀌고 보니 그런 경우를 당하기가 힘들어졌다. 만화가를 건드리면 손해 보는 건 자기들이라는 걸 알아 버린 모양이지. 허긴 어떤 선배 만화가의 얘기에 의하면 지금도 그런 경우가 전연 없지 않다는 것이었다. 방법이 바뀌어져서 간접적인 압박이 있기도 하다는 것이었다. 그러나 그것도 차라리 행복한 편이라고 그는 생각하고 있었다. 자기의 경우는 아마, 아마가 아니라 거의 틀림없이 자기 만화 자체 속의 어떤 결함, 말하자면 '웃기는' 요소가 부족했다든가 하는 결함에서 당하는 일이라는 것을 그는 짐작하고 있었기 때문이다. 정부가 자기 만화 때문에 노해주었으면 얼마나 좋을까. 그런 생각을 하자 그는 자신이 우스꽝스러워져서 눈을 감았다.

편집국 안에 들어섰을 때, 그가 두려워하고 있던 예측이 이젠 어쩔 수 없게 된 것은 국내(局內)에서 심부름하는 계집애의 표정에서였다. 여느 때 그 계집애는 만화 속의 인물과 똑같이 생각하고 있는 탓인지 그를 보기만 하면 웃음을 참지 못하고 고개를 돌리며 휭 가 버리고 하는 것이었는데, 그날은 제법 나붓이 "안녕하세요."를 하고 나서 미소를 띤 채 그의 얼굴을 똑바로 올려다보는 것이었다.

그것이 극히 잠시 동안이었지만 신경을 곤두세우고 있던 그에게 모든 걸 알 수 있게 해주었다. 계집애가 자기를 올려다보던 맑은 눈 속을 살짝 스치고 가던 게 어쩌면 연민이 아니였을까 하고 생각하자 분노보다도 오히려 전신에서 맥이 빠져나가는 것을 그는 느끼면서 굳어진 얼굴로 문화부를 향하여 갔다.

자기들의 데스크 앞에 앉아 있던 몇 명의 기자들이 여느 때와 달리 유별나게 반갑게 인사할 때는 그는 이미 알고 있다는 듯이 자기도 덩달아서 지금 작별을 하듯이 정중하게 인사를 하고 있었다. 그러고 나서 잠시 동안 그는 자기가 어떻게 처신해야 될지 알 수 없었다. 흐르던 시간이 갑자기 끊어지면서 공백이 생기는구나, 하는 생각이 알 수 없는 부끄러움과 함께 그를 엄습했다. 그러고 있는 그를 문화부장이 구해줬다.

"오늘치 만화 좀……."

하면서 문화부장은 손을 내밀었던 것이었다. 그는 당황해졌다. 그가 짐작하고 있던 사태 속에서는 문화부장의 지금 얘기는 불필요한 게 아닌가. 그는 옆구리에 끼고 있던 서류 봉투를 살그머니 좀더 힘을 주어 끼면서 땀이 송글송글 맺히고 빨개진 얼굴을 손바닥으로 닦으며 말했다.

"그려오지 않았는데요."

말하고 나서 그는 금방 후회했다. 어쩌면 자기의 짐작이란 게 얼토당토않은 게 아닐까…… 자기의 신경과민으로 자기는 지금 큰 실수를 저지르고 있는 건 아닌지……. 그러나 문화부장의 다음 말은 그의 그러한 희망에 찬 기대를 산산이 부숴버렸다.

"그럼 알고 계셨군요."

문화부장은 자리에서 일어나면서 그에게 말했다.

"차나 한잔 하러 가실까요?"

할 얘기가 있다는 암시를 그에게 주면서 문화부장은 그의 앞장을 서서 걸어가기 시작했다.

"아주 섭섭하게 됐습니다. 퍽 오랫동안 함께 일해왔었는데…….”

다방에 들어가서 자리에 앉자 문화부장은 그에게 말했다.

“저는 이(이)형을 두둔했습니다만…… 국장님도 이형의 만화에는 항상 칭찬을 하셨는데…… 그…… 독자들이 자꾸 투서를…….”

“아니 사실 재미가 없었지요. 저 자신이 잘 알고 있습니다만.”

그는 문화부장이 우물쭈물하고 있는 게 미안해서 얼른 말을 받았다.

“아니지요. 독자들이 이형의 유머를 이해할 수 없었던 것뿐이지요.”

문화부장은 주문을 받으러 온 레지에게 말했다.

“난 커피. 이형은?”

“저도 그걸로…….”

“그런데 말썽이 난 것은 지난 주일의 만화들 때문인 것 같았습니다. 솔직히 말씀드리자면, 그 일주일 동안에 히트가 하나도 없었다는 게 아마 독자들을……하여튼 그 주일의 독자 투서 때문에 저나 국장님이 좀 애를 태웠지요.”

그러나 가장 애가 탔던 사람은 만화를 그리는 바로 그였었다.

"예, 사실 재미가 없었어요."

"어디 컨디션이 좋지 않으셨던가요."

"예, 배가 좀…… 배가 퍽 아파서요."

그러나 배앓이는 어제 새벽부터 시작했던 것이다.

"아, 그거 야단이군요. 크로로마이신 잡숴 보셨어요?"

"뭐 이젠 다 나았습니다."

"아, 다행이군요."

찻잔이 그들 앞에 놓여졌다.

"자, 듭시다."

문화부장이 말했다. 그들은 뜨거운 차를 홀짝거리면서 마셨다. 예의상 찻잔을 탁자 위에 잠시 놓았다가 다시 들어서 마시곤 했다.

"이상하게도 이형과는 차 한잔 같이 나눌 기회가 없었군요. 이게 아마 처음이지요?"

"예, 처음인 것 같습니다."

"어떤 까닭인지 요즘 우리 신문의 기고가들 컨디션이 저

조한 모양예요. 지금 연재 중인 소설에 대해서도 매일 거의 대여섯 통씩 투서를 받고 있습니다. 재미가 없으니 중단시켜버리라는 거지요. 우리 신문에 수난이 닥친 모양입니다."

문화부장은 아마 그를 위로하느라고 그런 얘기를 하는 모양이었다. 그러나 그에게는 노엽게 들리었다. 아마 저 재미없는 소설을 쓰는 사람에겐 연재 중단을 통고하러 가서는 이 만화가의 예를 들겠지. 그리고 역시 말하겠지. 우리 신문에 수난이 닥친 모양입니다. 그의 뱃속에서 꾸르륵 하는 소리가 꽤 길게 났다.

"보는 사람은 잠깐 웃어버리고 말지만 만화를 그리는 사람은 퍽 힘들 거야."

문화부장은 혼잣말 하듯이 말했다.

"하여튼, 이형, 참 용하십니다. 어디서 만화를 배우셨던가요.?"

"뭐…… 그저…… 어쩌다가 그리게 되었지요."

그리고 어쩌다가 당신네 신문에서 밥을 얻어먹게 되었구요, 라고 말하고 싶었으나 물론 그 말은 입 안에서 사라져버렸다.

"사람을 웃긴다는 게 쉬운 일이 아니거든. 이형, 무슨 비결 같은 게 없습니까? 만화를 그리는 데 말예요. 말하자면 그리는 걸 배울 때 이렇게 하면 사람이 웃는다, 라는 법칙 같은 게 있어요?"

문화부장은 마치 아주 무식한 사람처럼 얘기하고 있었다. 그는 문화부장이 지금 무식을 가장하고 있다는 걸 알고 있었다. 그것은 바꾸어 말하자면 이쪽을 무식한 자로 취급하고 나서 자기가 이 무식한 자의 수준만큼 내려가 주겠다라는 의도임이 틀림없다고 그는 생각했다. 그래서 그는 문화부장이 괘씸해지기 시작했다.

"아시겠지만."

그는 약간 숙이고 있던 고개를 천천히 들어서 문화부장을 똑바로 보면서 말했다.

"사람이 웃음을 웃게 되는 데는 몇 가지 메커니즘적인 과정이 있습니다. 프로이트는 사람이 웃게 되는 과정을 분석하기를……."

그러자 문화부장은, 이 사람이 도대체 누굴 보고 무슨 강의를 시작할 작정이냐는 듯이 얼른 그의 말을 가로챘다.

"아, 프로이트가 그것에 대해서 분류해 놓은 정도라면 누구나 알고 있겠지요. 그렇지만 유머가 성립되는 몇 가지 패턴을 알고 있다고 해서 누구나 금방 우스운 만화를 그릴 수 있는 건 아니잖습니까? 이형도 그 패턴들에 대해서는 잘 알고 계시지만 이따금 우습지 않은 만화가 나온다는 경우가 있잖습니까?

문화부장은 그를 괘씸하게 여긴다는 말투로 얘기하고 있었기 때문에 그는 좀전의 분노가 쑥 들어가 버리고 기가 죽어 버렸다.

"그…… 사실 그렇죠."

그는 의미 없는 말을 중얼거렸다.

그러자 그는 이상스럽게도 이제야 자기가 그 신문사로부터 해고당했다는 사실을 뼈저리게 느꼈다. 조금 전까지도 그는 자기 자신의 내부에서 생긴 혼미 속에 갇혀서 지나치게 당황했다가, 지나치게 부끄러워했다가, 기가 죽었다가 노여워했다가 하고 있었던 것이다.

"그럼…… 저 대신 누가 그리기로 되었습니까?"

그는 문화부장을 향하여 처음으로 사무 냄새가 나는 질

문을 했다. 그리고 그는 누구와도 항상 사무적인 대화를 하기 싫어했던 자신을 발견하는 것이었다. 왜 사무적인 대화를 싫어했을까? 줘야 할 것과 요구해야 할 것을 떳떳이 서로 얘기하고 필요하다면 소리 높여 다투기라도 해야 했을 게 아닌가? 생각이 비약하는 것인지 모르지만, 그는 자신에게 말했다. 그랬기 때문에 나는 만화가밖에 될 수 없었던 것인지 몰라.

"이형 대신 누가 그렸으면 좋을 것 같습니까? 추천해 보시지요."

문화부장은 자신은 의식하지 못하는 새에 또 한 번 이쪽의 부아를 돋우는 말을 했다. 그는 대답하고 싶었다. 글쎄요, 참 이 사람은 어떨까요. 바로 저 말입니다. 그리고 나서 소리 높이 좀 웃어보았으면. 그러나 그는 자기의 그런 엉뚱한 생각을 눌러버리고 그가 가입하고 있는 만화가 협회 회원들의 이름들을 하나씩 속으로 체크해 나갔다. 이 사람은 지금 어떤 신문에 연재를 얻고 있다. 이 사람도 역시. 이 사람은 ……글쎄, 나의 재판(再版)이 되고 말걸. 이 사람은……그러고 있는데 문화부장이 웃으면서 말했다.

"실은 반쯤 내정이 되어 있습니다."

"누구로……."

그는 문화부장의 '반쯤'이라는 말이 '결정적'이라는 뜻과 맞먹는다는 걸 경험으로써 알고 있었기 때문에 또 속았구나, 하는 느낌이 들어서 화가 났다.

"이형의 만화를 중단시킬 정도일 때야 국내에서 이형 대신 그릴 사람이 있지 않을 거라는 건 짐작하실 수 있지 않습니까?"

"그럼……."

그는 한창 해외에까지 손을 뻗치고 있는 미국 만화가들의 신디케이트가 얼른 생각났다.

"누가 될는지는 확실치 않지만 미국 만화가들 중 한 사람이 되는 건 틀림없습니다."

"역시 그렇군요."

그는 고개를 끄덕이며 생각했다. 이렇게 되면 이번 해고 당하는 것이 내 개인의 문제에서 그치는 게 아니다. 그것은 국내 만화가들의 소멸을 의미하게 되는 것이다. 한 장의 만화를 여러 장으로 복사해서 세계 각 곳에 싼값으로 팔아먹는 미국 만화가들의 신디케이트에 국내 신문이 걸려들기 시작했다면 이건 큰일이다. 오래지 않아서 모든 국내 신문들은 미국 가정의 유머를 팔아 먹고 있게 되리라. 미국 만화가들의 복사된 만화는 사는 편에서만 생각하면 값이 싸니까. 그리고 문명인들답게 유머가 세련되어 있으니까. 그는 언젠가 한국을 방문했던 미국의 한 뚱뚱보 만화가를 생각하고 있었다. 그 양반은 자기 복사가 열몇 군데나 팔린다고 했다. 스위스에 별장을 가지고 있다는 자랑도 했다. 그때 국내의 협회 회원들은 그 뚱뚱보를 부러운 듯이 쳐다보고 있던 것도 그는 생각났다. 그렇지만, 하고 그는 생각했다. 한탄을 한들 내가 어쩔 수 있단 말인가.

"역시 그렇군요."

그는 또 한 번 말하며 고개를 끄덕였다.

"그러니까 이형한테는 내가 아주 면목이 없는 건 아니지요."

그렇게 말하고 나서 문화부장은 껄껄 웃었다.

"국내에서 꼭 찾겠다면 왜 이선생께 이런 괴로움을 드리겠어요."

"아니 별루…… 괴롭게 생각지는 않습니다."

"날 원망하시진 마시기 바랍니다. 나 역시 거기서 밥 얻어먹고 있는 놈에 불과하니까요. 자, 그럼 가보실까요. 도장 가지고 경리부에 들러 가세요. 뭐가 좀 있을 겁니다."

그들은 자리에서 일어났다.

그는 신문사 정문의 계단 위에 서서 어디로 갈까 망설이고 있었다. 경리부에서 여자 직원이 내주는 봉투를 받아서 윗도리의 안주머니에 넣을 때, 그는 문득 '이걸로써 내가 그 속에 살아왔던 한 가지 우연이 끝장났구나.' 하는 느낌이 들었다. 그래서 그는 여자 직원에게,

"미스 신은 볼의 까만 사마귀가 항상 매력적이야. 그 사마귀만 믿고 살아봐요. 앞으로 행복할 테니까. 자 그럼 잘 있어요."

하고 농담을 해서 그 여자 직원을 놀라게 해줄 수조차 있었다. 그러나 이렇게 계단 위에 서서 사람과 자동차들이 밀려가고 밀려오는 거리를 내려다보고 있으려니 그는 겁이 나기 시작했다. 어서 또 무엇을 붙들어야 한다. 오늘 중으로

무언가 확실한 걸 붙들어 둬야 한다. 어제와 오늘과 그리고 내일을 순조롭게 연속시켜 주는 것을 붙잡아 둬야 한다.

"안녕하십니까?"

누군지가 계단을 올라오며 말소리를 길게 빼면서 그에게 인사했다.

"예, 안녕하십니까?"

그는 황급히 인사를 돌려주었다. 알 만한 사람이었다. 당구장에서 늘 만나는 사람이었다. 아마 흔해빠진 예술가들 중의 하나일 것이다. 이름은 모른다. 그에게는 그런 친구들이 많다. 때로는 밤늦도록 술집에 앉아서 함께 술을 마시면서도 지금 자기와 함께 술을 마시고 있는 그 친구의 이름을 모르고 마는 경우는 흔해빠진 것이었다. 아무개 신문의 기자입니다. 시도 씁니다만. 아무 학교에서 그림을 가르쳐주고 빌어먹고 있습니다. 옛날에 아무 출판사에서 일 보고 있었지요. 지금은 그 출판사가 망해 버려서 저도 요 모양이 되어 버렸습니다만, 혹은 그에게 만화 청탁을 하러 온 적이 있는 정부기관이나 제약회사나 은행의 기관지들의 기자들…….

"요즘 재미가 좋으시다더군요."

계단을 다 올라온 그 사람은 지금의 그에게는 터무니없는 인사를 했다. 그러나 그는 이런 서울식의 인사는 익숙해져 있었다.

"예, 그런데 배가 좀 아파서……."

"크로로마이신을 잡숴 보시죠……."

"예, 그래야겠습니다."

"자, 실례하겠습니다."

그 사람은 건물 안으로 들어가 버렸다. 다시 그의 앞에는 사람들과 자동차들이 밀려가고 밀려오는 거리가 나타났다. 이렇게 멍청한 자세로 이곳에 더 서 있을 수는 없다고 그는 생각하며 좀 차분히 생각해 볼 수 있는 장소를 찾아서 그는 계단을 떠나 걷기 시작했다. 좀 걷다가 그는 신문사의 건물을 돌아보았다. 자기가 여기에 관계를 갖고 있던 그 동안 타인들로 하여금 자기를 볼 때에 몇 점 더 놓고 보게 해 주던 그 회색 괴물을. 이 회색빛 괴물의 덕분으로 그는 생전 처음 만나는 사람에게도 긴 설명이 필요 없이 자기를 신용해 버리게 할 수 있었다. 만약 이 괴물이 없었다면 평생을 두고 설명해도 신용해 줄 말지 모를 사람들로 하여금 말이다.

여태까지는 꾸르륵거리기만 하던 배가 살살 아파오기 시작했다. 그는 광화문 쪽으로 걸어갔다. 우선 조용히 다방으로 가자. 그는 느릿느릿 걷고 있었으므로 빠르게 걷는 사람들이 그를 뒤로 떨어뜨렸다. 어떤 사람들은 그와 어깨를 부딪치기도 하였다.

조용한 다방으로 가자. 그러나 손님도 몇 사람 없고 레지도 우울한 얼굴로 전축만 지켜보는 그런 다방에 가서 앉아 있기는 싫었다. 지금 자기가 그런 다방의 딱딱한 의자 위에 앉아 있으면 아마 최고로 몰골이 추해 보일 것이다. 어쩌면 하루 종일을 멍하니 앉아 있다가 나오게 되어 버릴 것 같아서 그는 좀 조용한 다방으로, 좀 조용한 다방으로를 뇌이면서 '초원'이라는 아주 번잡한 다방으로 들어가 버렸다. 다방의 이름이 가리키듯이 상록수들로써 가득 장식되어 온실 같은 실내가 무척 넓었다. 카운터만 해도 네댓 개나 되는 모양이었다. 그 어두신하고 넓은 실내에 사람들이 꽉 차 있고 스피커들이 운동회 때처럼 음악을 내지르고 있었다. 겨우 자리를 차지하고 앉자 그는 마음이 좀 놓인 것 같았다. 미국 만화가들의 신디게이트 같은 다방이로군, 하고 그는 생각했다. 그때 그는 누가 자기에게 말하는 소리를 들었다.

"좋은 게 좋아요."

"그럼요, 좋은 게 좋지요."

그는 소리가 난 방향으로 고개를 돌렸다. 그의 오른쪽으로 놓은 좌석에 앉아 있던 젊은이 한 떼가 높은 목소리로 자기들끼리 얘기하고 있었다. 자기에게 한 거라고 그가 착각했던 말은 그들의 대화에서 튀어나온 것이었다. 그는 자기가 생각하고 있던 것과 그들의 대화가 우연히 들어맞아 버린 것에 짜증이 났다. 사람이 많은 곳에서 우연이 많은 모양이군.

"……2년, 군대 3년, 5년만 기다려 줘. 기다릴 수 있어?"

그의 맞은편 자리에 앉아 있는 대학생 차림의 남자가 자기 곁에 앉아 있는 역시 대학생 차림의 여자에게 나직이 얘기하고 있었다. 그가 만일 친한 친구와 같이 들어왔었더라면 그 친구에게 '저 여자 굉장히 색이 강하겠는데.'라고 했을 얼굴을 가진 여자였다.

"기다릴게요. 그렇지만 딱 서른 살까지만 기다리다가 서른 살에서 하루만 더 지나도 다른 데로 가 버리겠어요."

여자는 대답하고 나서 재미있어 죽겠다는 듯이 웃었다.

'서른 살이 되기까지. 그래, 정말 지루하지.'라고 그는 생각했다.

"무얼 드시겠어요?"

레지였다.

"커피. 그리고 성냥 좀 갖다주시오."

그는 담배 한 대를 꺼내어 한쪽 끝을 탁자 위에 톡톡 두드리면서 궁리하기 시작했다. 오늘 중으로, 반드시 오늘 중으로 붙잡아야 한다. 그런데 무엇을 무엇을 말인가? 레지가 커피를 가져오고 그가 그것을 다 마시고 그리고 담배를 두 대 계속해서 피우고 나서 그는 답을 얻었다. 만화다. 아직 연재만화가 실려 있지 않은 신문에 자기 만화를 연재해 달라고 하자. 그런데 그런 신문이 있던가? 글쎄, 잘 생각해 보자. 그러나 그의 머릿속에서 빙빙 돌고 있는 건 이때까지 그가 그려왔던 만화 속의 가지가지 유형들이었다. 돼지를 닮은 사장님, 고양이를 닮은 여비서, 고슴도치를 닮은 룸펜 청년, 불독 같은 탐관오리…… 멍청하나 순직한 돌쇠, 아통 X군, 대통령 각하……. 그는 담배를 계속해서 피웠다. 담배 세 대를 더 피우고 났을 때 그는 드디어 한 신문을 생각해 내었다. 그가 알기로는, 보수가 적다는 이유 외에 인쇄가 더럽다는 이유까지 곁들여서 만화가들이 아무도 만화를 그리려고 하지 않는다는 신문이었다. 어느 개인회사에서 자기네의 선전용으로 만들어 놓은 신문이었다. 따라서 신문 자체에 큰 비용을 들이지 않기 때문에 그런 현상이 생겼다는 얘기를 그는 들은 듯했다. 그렇지만 그 신문에도 만화가들의 이름쯤은 외우고 있는 사람이 있겠지. 가보자.

그는 밖으로 나와서 버스를 탔다. 버스에서 그는 앉고 싶었지만 자리가 없었다. 배가 꾸르륵거리며 살살 아파왔기 때문에 손잡이를 붙잡고 서 있기가 고되었다. 그의 앞에 눈을 얌전히 내리깔고 앉아 있던 여대생이 역시 얌전하게 일어서서 자리를 양보했다. 그러나 그를 위해서가 아니라 그의 옆에 서 있던 영감을 위해서였다. 차의 진동이 심했다. 그리고 그의 배는 점점 뒤끓고 있었다. 금방 설사가 나올 듯해서 그는 다리를 꼬았다. 손에 힘을 주어서 손잡이에 거의 매달리다시피 하여 차의 진동에 몸을 맡겨버렸다. 이마에 진땀이 솟아나고 입술이 바싹 말랐다. 그는 눈을 감았다.

"젊은이, 멀미를 하나베."

그는 눈을 떴다. 여대생의 양보로 자리에 앉은 영감이 그를 올려다보며 말하고 있었다.

"안색이 좋지 않구려."

"예, 배…… 배 수술 받은 지가 얼마 되지 않아서요."

그는 대답하고 나서 깜짝 놀랐다. 왜 이렇게 간사해져 버렸을까. 자기는 영감에게 자리를 양보해 달라고 한 셈이었다.

과연 영감은 자리에서 일어서면서 말했다.

"여기에 앉구려."

"앉아 계세요. 괜찮습니다."

"앉구려."

영감은 그의 팔을 잡아서 자리에 앉혔다. 그는 얼굴이 달아올랐다.

"무슨 수술을 받았댔소?"

"뭐 대단찮은 거였습니다."

"맹장 수술이었소?"

"예, 맹장이었습니다."

그는 이 영감이 설마 이 버스칸에서 배를 좀 보여 달라고 하지는 않으려니 생각하면서 대답했다.

"내 손주 녀석도 맹장수술을 받았댔지."

"아, 그랬습니까?"

"옛날엔 없던 병이 요즘은 많이 생겼단 말야. 세상이 험하니까 병도 새로운 게 자꾸 생기나부지?"

"그럴 리가 있을라구요? 옛날에도 있었지만 몰랐었던 것뿐이겠지요."

"그럴까?…… 그럼 젊은이도 방귀 때문에 꽤 걱정했겠구려."

"예?"

"내 손주녀석은 수술을 받고 나서도 사흘 동안이나 방귀가 나오지 않아서 걱정들을 했었지. 젊은이는 며칠 만에 방귀가 나옵디까."

"예, 글쎄요 그게……."

"하여튼 의사선생이 하루에도 몇 차례씩 와서 묻는 거였지. '방귀 나왔습니까? 방귀 나왔습니까?' 방귀가 나와야만 수술이 성공한 것이래나? 세상을 오래 살다가 보니까 방귀가 안 나온다는 애를 다 태워봤군."

영감은 어허허허허 하고 요란스럽게 웃어젖혔다. 차에 타고 있던 사람들도 모두 영감을 따라서 웃었다. 그의 배는 계속해서 꾸르륵거렸다. 똥이 조금 밖으로 나와 버린 듯했다. 그는 입속으로 하나님 하나님, 하고 있었다. 버스에서 내리는 대로 크로로마이신이란 걸 사 먹자. 내리는 대로 당장. 그러나 그는 버스에서 내리자마자 자기가 찾아온 신문사의 건물 안으로 빠르게 들어갔다.

마침 2층으로 올라가는 층계를 막 밟기 시작한 사람이 있어서 그는,

"변소가 어딥니까?"

하고 물었다. 키가 작달막하고 안경을 쓴 그 사람은,

"에또, 여기서 가장 가까운 변소가 가만있자…… 아, 1층에 있군요."

하고 그를 변소 앞까지 안내했다. 그가 막 변소 문을 열고 들어가려고 할 때 그를 안내해 준 사람이 싱긋 웃으면서 농담을 했다.

"그럼 배설의 쾌감을 많이 즐기시기 바랍니다."

그는 그 사람을 향하여 웃어 보이려고 했는데 그게 잘 안 되어서 얼굴이 찡그려져 버렸다.

변소 안에서 그는 아내가 넣어 준 휴지를 만지작거리며 아내에 대해서 생각하고 있었다. 영화 구경을 갔을까? 갔겠지. 아마 최무룡이 김지미가 사람을 울리는 영화셌지. 세상엔 참 별 직업도 많다. 나는 사람을 웃겨야 하고 최무룡이는 사람을 울려야 하고…… 그러고 나서 그는 상표가 되어 버린 몇 사람들의 이름들을 생각해 보았다. 이름이 신용 있는 상표가 되면 그러면 되는 것이다. 어설픈 만화가 이아무개 정도 가지고는 아무리 너그럽게 생각해도 좀 곤란하다. 나를 이 신문사가 신용해 줄까? 지금 자기네의 변소 안에 쭈그리고 앉아 있는, 거의 기도하는 심정으로 자기네에게 구원을 부탁하려는 이 사람을 그들은 알고 있을까? 이 사람은 한 2년 동안 어떤 신문에서 만화를 그렸던 사람이다. 탄압받기를 바랐던 것은 아니지만 그러나 잡혀가게 될 경우엔 얼씨구나 하고 잡혀가 줄 용의가 없었던 것도 아니어서 그러나 그보다는 국민 된 자의 공분(公憤)으로써 때로는 겁나는 줄 모르고 정부를 공격하고 사회악을 비꼬던 만화가 이아무개다.

그러나 그는 아무래도 부탁하러 들어갈 용기가 나지 않았다. 그 이상 더 필요가 없었지만 그러나 그는 용기를 돋우기 위해서 변소 안에 그대로 쭈그리고 앉은 채였다. 담배가 피우고 싶었지만 성냥이 없었다. 크로로마이신을 사먹자. 그리고 성냥도 한 갑도 사자고 그는 좀 엉뚱한 생각만 되풀이하고 있었다. 그는 지금 될 수 있는 대로 좀 엉뚱한 생각만 되풀이하기로 하고 있었다. 엉뚱한 생각들이 포화되어 그의 머릿속에서 '취직 부탁하러 간다'는 생각을 쫓아내버릴 때 그는 이 신문사의 편집국 문을 밀 수 있을 것만 같았다. 말하자면 저돌적으로 일단 문 안에만 들어서고 나면 그때는 할 수 없다는 생각으로 아마 문화부장을 찾겠지. 천만다행으로 혹시 아는 사람이 있다면 그 사람을 통하여 교섭을 부탁해보자. 그는 다리가 저려서 더이상 쭈그리고 앉아 있을 수 밖에 없을 때에야 일어났다. 그는 바지를 추켜입고, 곧 변소 문을 나오자 바쁜 일이라도 있는 듯이 곧장 편집국 문을 향하여 빠르게 걸어갔다. 도중에 멈칫거리다간 영영 들어가지 못하고 말 것을 그는 알고 있었다. 마침내 그는 편집국 문을 열고 그 안에 들어섰다.

실내가 예상 외로 좁고 지저분했기 때문에 그는 당황했다. 그는 마침 자기와 가까운 곳에 책상을 놓고 앉아 있는 계집애에게, 문화부장이 계시느냐고 물었다. 저깁니다, 하면서 계집애가 가리키는 곳에 아까 그를 변소로 안내해 준 사람이 이쪽을 보며 빙글거리고 있었다.

"저 안경 쓰고 키가 작은 분 말입니까?"

그가 계집애에게 물었다.

"네, 바로 그분예요."

그는 돌아서서 나와 버릴까 하고 잠시 망설였다. 그러나 창피하다는 느낌보다도 더 큰 것이 그를 끌고 가서 그를 문화부장 앞에 세워 놓았다.

"문화부장님이세요?"

그가 말했다.

"그럼 그리시는 이선생님이죠? 일루 앉으세요."

문화부장은 그에게 의자를 권하면서 말했다.

"용무를 꽤 오래 보시는군요. 그걸 오래 보면 오래 산다는데, 축하합니다."

그에게는 문화부장의 농담이 귀에 들어오지 않았다. 이 사람이 나를 알고 있었다. 내가 만화가 이아무개라는 것을 전연 인사한 적도 없는데 알고 있었다. 환희.

"그런데 웬일이십니까? 전 변소에 용무가 급해서 들어오신 줄로 알았는데요."

"예, 실은 좀 부탁드릴 게 있어서…… 저어, 나가서 차 한 잔 하실까요."

그는 더듬거리며 말했다.

"그럴까요?"

문화부장은 선뜻 자리에서 일어섰다.

"누구한테나 그렇게 농담을 잘하십니까?"

층계를 내려오면서 그가 물었다.

"천만에요. 이선생님을 제가 알고 있었으니까 그럴 수 있었던거죠. 노여우셨댔어요?"

"아아니요. 실은 갑자기 배탈이 나서……."

"설사였군요. 그 정도야 빨가벗고 여자를 끼고 하룻저녁만 자고 나면 거뜬히 나아 버리지요."

그들은 함께 소리내어 웃었다. 다방에 들어가서도 그는 오랫동안 화제를 공전(公轉)시키고 있었다.

마침내 문화부장이 시계를 들여다보면서 물었다.

"아까, 제게 부탁할 일이……?"

"예."

그는 얼른 말을 받았다.

"실은 이번에 제가 관계하던 신문과 관계가 끝났습니다."

"그렇게 됐어요? 요즘 이선생님 그림을 볼 수가 없어서 짐작은 했습니다만. 다투기라도 했던가요?"

"아닙니다. 미국 만화가들의 작품이 실릴 계획인 모양이더군요."

"아, 그거군요? 요전번에 저의 신문에도 교섭이 왔더군요."

"미국 만화가측에서요?"

"네, 중개인이라는 사람이 찾아왔었지요. 물론 한국 사람이었습니다만."

"그래서 어떻게 하셨습니까?"

"아유, 말씀 마십시오. 우리 사장이 만화에 원고료 한푼

내놓을 사람인 줄 아십니까? 지금 문화면을 몇 사람이 만들고 있는 줄 아십니까? 세 사람입니다. 단 세 명이 매일 몇십 장씩 남의 것을 훔치고 번역해 내고 해야 합니다. 만화 연재는 엄두도 못 내고 있지요."

"그렇습니까?"

그는 절망을 느끼면서 말했다.

"이선생님께서 절 찾아오신 이유를 조금은 짐작하겠습니다만 거의 백 퍼센트 불가능한 일입니다."

"예, 그렇습니까?…… 그런 곳에서 일하시려면 속 좀 상하시겠습니다."

"그런 신문사에서 견뎌 낼 사람은 저 같은 사람이 아니면 안 됩니다. 불만이 있으면 큰 소리로 외쳐대고 화가 나면 잉크병도 내던져 버려야만 견딜 수 있지요. 만일 꽁생원처럼 참고만 있으면 자기 속이 썩어 버려서 하루도 못 참고 달아나버리게 돼요."

"그럴 것 같군요."

"그럴 것 같은 게 아니라 사실이 그렇습니다. 아까 보셔서 아시겠지만 우리 신문사 기자들 표정들 좀 보세요. 누가 자기를 건드려 주지 않나, 사흘이고 나흘이고 물고 늘어지겠다는 표정들이 아닙디까?

"몰랐는데요."

"다음에라도 좀 보세요."

그는 이 수다쟁이 문화부장의 농지꺼리에 진력이 나기 시작했다. 신경의 한 올 한 올이 곤두서서 그는 작은 소리에도 깜짝깜짝 놀래었다. 보통의 경우에는 의식하지 못하는 모든 소음들—다방 안에서 나는 소리들과 거리에서 들려오는 소음들이 모두 한꺼번에 살아서 그의 귓속으로 밀려들어 그의 머리는 터져 버릴 듯했다.

"만화 연재할 계획이…… 그러니까 없으시겠군요?"

"네, 지금으로서는 그렇습니다."

"혹시……."

그는 주저하면서 말했다.

"요참에 기회가 생가면 절…… 제게……."

"그럭허지요. 꼭 그럭허겠습니다."

문화부장은 선선히 대답하고 나서,

"그럼 저도 한 가지 부탁드리겠는데."

"예, 말씀하세요."

그는 부탁받는 게 기뻐서 큰 소리로 대답했다.

"혹시 예수 믿으시거든, 우리 사장이 좀 빨리 뒈져 달라고 기도해주십시오."

문화부장은 하하하하 웃었지만 그는 이 할리우드식의 농담에 씁쓸한 미소만 띠었다.

"바쁘실 텐데 실례 많았습니다. 잘 부탁하겠습니다. 나가실까요."

그가 먼저 자리에서 일어나면서 말했다.

"네, 그럼 저도 단단히 부탁드렸습니다."

문화부장도 일어서면서 말했다. 그리고 재빨리 카운터를 향하여 갔다. 그는 당황하여 자기의 서류용 봉투도 탁자 위에 그대로 둔 채 카운터를 향하여 가고 있는 문화부장의 뒤를 뛰다시피 쫓아갔다.

"아니, 제가 모시고 왔는데요……."

그는 문화부장의 팔을 잡았다.

"다음에 술이나 한잔 사주십시오."

문화부장의 손에서 돈이 벌써 마담의 손으로 넘어가버

렸다.

그들은 밖으로 나왔다. 곧이어 레지가 그가 잊고 온, 잃어버려도 좋은 서류용 봉투를 들고 쫓아나왔다.

"이거 가져가세요."

레지가 소리쳤다.

"감사합니다."

그걸 받아들 때 그는 살며시 서글퍼졌다.

문화부장과 헤어지자 그는 더이상 갈 데가 없어서 잠시 동안 길 가운데 마치 누구를 기다리는 자세로 서 있었다. 길 저편에도 그리고 자기의 바로 근처에도 '약'이라는 간판이 얼마든지 있었다. 그는 자기에게서 가장 가까운 곳에 있는 약방을 향하여 걸어갔다.

아마 대학을 갓 나왔을 듯 싶은 젊은 여자는 설사라는 한마디에 약을 네 가지나 번갈아 내보였다. 그리고 약 한 가지마다 긴 설명을 덧붙였다. 약 자체의 값보다 설명 값이 더 많겠군, 하고 그는 생각하며 '크로로마이신!' 하고 짜증이 나서 투덜대는 목소리로 말했다.

"크로로마이신하고 이것을 함께 잡수세요."

"여기서 좀 먹어야겠는데요."

캡슐에 든 크로로마이신과 새까만 가루약을 입에 털어 놓고 여자가 건네주는 컵의 물을 마셨다. 그는 컵을 받을 때 컵을 잡은 여자의 손에 큰 흉터가 있는 것을 보았다.

"손에 흉터가 있군요."

그는 컵을 돌려주며 무심코 말했다. 여자의 얼굴이 금세 빨개졌다.

"실험하다가…… 대학 다닐 때……."

그는 목 안으로 자꾸 기어드는 여자의 목소리를 듣고 있으려니까 콧등이 시큰해졌다. 얼른 계산을 해주고 그는 허둥지둥 쫓기듯이 밖으로 나왔다.

"어딜 그렇게 급히 가세요?"

그의 맞은편에서 걸어오던 키가 큰 사람이 여전히 걸음을 계속하면서 그에게 말했다. 그가 관계하고 있던 신문사의 카메라맨이었다.

"어디 가세요?"

그는 반가워서 빠른 말씨로 인사를 했다.

카메라맨은 벌써 그를 지나치면서,

"이형, 다음에 좀 봅시다."

라고 말하고 가버렸다.

그는 그네들의 말투를 알고 있었다. 저 도회의 어법을. 그리고 그는 항상 그 어법에 잘 속았었다. 방금 카메라맨이 말한 '다음에 좀 봅시다.'는, 그 뜻을 따라서 정확히 표기하자면 '그럼 다음에 또 만납시다. 안녕히 가십시오.'이다.

그런데 그들은 '좀' 이라는 부사를 집어넣어서 듣는 사람을 환장하게 만들어 버린다. '다음에 좀 만납시다.' 어쩌면 당신에게 일자리를 얻어줄 수도 있을지 모르니까요, 인가? 생각해보라. 그렇게밖에 들리지 않지 않는가? 그는 아침나절에 그가 관계하던 신문사에서 문화부장에게 속 상우던 일이 생각났다.

그가 해고당한 것을 알리기 전에 문화부장은 먼저 "오늘치 만화 좀……." 했던 것이다. 그래서 자기가 해고당할 것을 예측하고 있던 그를 당황하게 했던 것이다. "오늘치 만화……."라고 했으면 그는 자기가 해고당하지 않았음을 알았으리라. 또는 "오늘부터는 그리실 필요는 없게 됐습니다."라고 하면 유감스럽긴 하지만 그것도 뜻은 분명하다.

그런데 "오늘치 좀……." 했던 것이다. 오늘치의 만화를 보아서 재미가 있으면 계속하겠고 그렇지 않으면 해고다, 라고 밖에 들리지 않던 그 말투. 그는 갑자기 꽥 소리치고 싶은 충동을 느꼈다.

그런 충동을 눌러가면서 그는 느릿느릿 걸었다. 거리의 모퉁이에서 공중전화가 눈에 띄었다. 집에 전화가 있다면 아내를 불러내었으면 좋겠다. 아내와 함께 밤늦도록 거리를 쏘다닌다면 좋겠다. 쇼윈도라도 보면서, 그래 쇼윈도라도 보면서.

그는 누구에게라도 좋으니 전화를 걸어서 이야기해 보고 싶었다. 얼른 생각난 사람이 엊저녁에 술을 사주던 선배 만화가 김선생이었다. 김선생은 자기가 근무하고 있는 신문사의 자리에 있었다.

"김선생님, 결국 목 잘렸습니다."

저쪽에서는 잠시 침묵이었다.

"제기랄, 또 한잔 할까?"

"그럽시다, 나오세요. 아니 제가 선생님께 지금 가죠."

"오게, 제기럴, 한잔 하세."

수화기를 놓고 나올 때 그는 마음이 조금 가벼워진 걸 느꼈다.

그는 김선생이 따라주는 술을 빨리빨리 마셨다.

“좀 천천히 마시게.”

김선생은 걱정이 되는 모양이었다.

“괜찮아요.”

그는 손등으로 입가를 닦으며 싱긋 웃었다.

“우리나라 만화가들의 그 단순하면서도 회화적인 선이 얼마나 훌륭한지 우리나라 사람들은 모르고 있단 말야.”

김선생은 술잔 속을 들여다보며 중얼거렸다.

“기계로 그린 것 같은 양키들의 만화가 진짜인 줄로 알고 있거든.”

“만화가 우스우면 그만이지 쥐뿔나게 회화적이고 아니고를 찾게 됐어요?”

그는 또 술을 들이켰다. 김선생은 그를 힐끗 쳐다보았다.

“제가 군대 있을 때 말입니다.”

그는 말했다.

“남들은 제가 정훈으로 떨어졌다고 부러워했거든요. 편

할 거라는 거죠. 그렇지만 전 말예요. 총대를 쥐지 않으니까 말이지요. 군인 기분이 안 났거든요."

그는 취해오는 것을 느끼며 말했다.

"아마 그때 총대를 쥔 사람들이 지금은 안정된 직장에들 앉아 있겠지요? 저는 항상 만화만 붙들고, 남들은 편하려니 부러워하지만 실상은 불안해서 어쩔 줄 모르고 말입니다."

"그럴까?"

김선생이 말했다.

"술이 없으면 말야……."

그들의 뒤쪽에 앉아 있는 패들의 하나가 소리쳤다.

"인생이란 말야……."

"허, 또 나오시는군."

"허, 저 소리 듣기 싫어서 이젠 술 끊어야겠어."

누군지가 소리쳤다.

"문화부장이 차나 한잔하자고 하더군요."

그는 속으로는, 자기가 만화 연재를 부탁하러 갔던 문화부장을 생각하면서 말하고 있었다.

"다방에 가서 그 양반이 그러더군요. 사람 웃기는 방법의 몇 가지 패턴을 안다고 곧 만화가가 되는 것이 아니다. 바로 그 양반이 그랬어요. 두꺼비 같은 눈알을 부라리면서 말입니다."

찻값을 앞질러 내버리던 그 키가 작달 만한 문화부장, 날 무척 무안하게 해줬었지.

"그러면서 말입니다. 너는 미역국이다. 이거죠."

자기네 사장이 얼른 뒈져달라는 기도를 하라던 그 사람, 난 참 면목이 없어서 혼났지.

"차나 한잔, 그것은 일종의 추파다. 아시겠습니까. 김선생님?"

그는 혀가 잘 돌아가지 않았다.

"그것은 내가 그 속에서 성실을 다했던 하나의 우연이 끝나고……."

그는 술을 한모금 꿀꺽 마셨다.

"새로운 우연이 다가온다는 징조다. 헤헤, 이건 낙관적이죠. 김선생님?"

그는 김선생이 방금 비워낸 술잔에 취해서 떨리는 손으로 술을 따랐다.

"차나 한잔, 그것은 이 회색빛 도시의 따뜻한 비극이다. 아시겠습니까 김성생님, 해고시키면서 차라도 한잔 나누는 이 인정. 동양적인 특히 한국적인 미담…… 말입니다."

"그, 어린이신문에 그리고 있는 거라도 열심히 하고 있게. 기다리면 또 뭐가 생길 테지."

김선생이 술잔을 들면서 말했다.

"자, 드세."

그는 자기의 술잔을 잡으려고 했다. 잘못해서 술잔이 넘어져버렸다. 그는 손가락 끝에 엎질러진 술을 찍어서 술상 위에 아톰 X군의 얼굴을 그리기 시작했다.

"자, 아톰 X군, 차나 한잔 하실까? 군과도 이별이다. 참 어디서 헤어지게 됐더라."

그는 그림을 그리고 있지 않는 다른 손으로 자기의 이마를 한 번 찰싹 때렸다. 골치가 쑤셨기 때문이다.

"오, 화성인들의 계략에 빠져서 군이 포로가 되어…… 바야흐로 생명이 위험해져 있는 데서 '다음 호에 계속'이었군……미안하다. 아톰 X군……. 사람들은 항상 그런 걸 요구하거든. 아슬아슬한 데서 '다음 호에 계속'." 그는 다 그려진 아톰 X군의 얼굴을 다시 손가락 끝에 술을 찍어서, 지우기 시작했다. "미안하다, 아톰 X군. 어떻게 군의 힘으로 적진을 뚫고 나오 부탁한다. 이제 난…… 힘이 없단 말야. 나와 헤어지더라도…… 여보게, 우주의 광대하고."

그러면서 그는 양쪽 팔을 넓게 벌렸다.

"어두운 공간 속에서 영원한 소년으로 살아 있게."

그들은 밤늦도록 그런 식으로 술집에 앉아 있었다.

김선생이 부축해서 태워준 택시를 타고 그는 집으로 왔다. 택시 안에서 그는 술이 좀 깨어 있었다. 그는 택시에 탈 때 김선생이 쥐여준 서류용 봉투를 택시에서 내릴 때 그대로 두고 내렸다.

"또 술을 먹고 와서 미안하오."

그는 방문을 열면서 아내에게 말했다.

"퍽 취하셨네요."

아내는 남편이 반가워 깡충거리듯이 뛰어나왔다.

"배 아프시던 건 좀 어떠세요?"

"크로로마이신을 먹었어. 크로로마이신을 말야. 흉터가 있더군."

"어디에 흉터가 있어요?"

"어디긴 어디겠어? 크로로마이신에지."

"정말 취하셨어요."

아내는 그를 이불 위로 눕혔다. 옆방에서 재봉틀 돌아가는 소리가 들려오고 있었다.

"어지간히 성실하게 사는 척하지?"

그가 말했다.

아내는 자기의 손으로 남편의 머리카락을 쓸어넘기고 있었다. 그때 옆방에서 방귀 소리가 둔하게 벽을 흔들며 들려왔다.

"그래도 별수 없이 보리밥만 먹는 신센데요. 네?"

아내가 킬킬거리며 그의 귀에 대고 속삭였다. 그만해두자, 아내야. 그는 갑자기 웃음이 터졌다. 하하하하⋯⋯? 꽤 오랫동안 웃었나 보다. 아주머니가 지금 무안해하고 있나 보다. 재봉틀 소리가 그쳐 있었다. 돌려요, 아주머니, 어서 재봉틀 돌려요. 웃음소리가 잠꼬대였던 것처럼 할 수는 없나, 고 그는 생각했다. 그러면서 아까 낮에 버스칸에서 자기에게 자리를 내주던 영감, 아주머니, 그건 건강한 증거입니다. 돌려요, 어서 돌려요. 그사이에 재봉틀이 다시 돌아가는 소리가 들리고 있었다. 흥, 방귀 좀 뀌었기로서니, 하며 입술을 삐죽 내민 아주머니의 얼굴이 보이는 듯하다. 그럼요, 아주머니, 방귀 좀 뀌었기로서니 재봉틀 소리를 줄여야 할 거까지는 없습니다. 돌려요, 어서요.

그는 두 팔로 아내의 상반신을 껴안았다. 그러면서, 앞으로 자기도 아내를 때리게 될는지 알 수 없다는 생각이 문득 들었다. 그러자 앞으로 다가올, 아직 확인되지 않은 수많은 날들이 무서워져서 그는 울음이 터질 뻔했다.

그는 아내를 껴안고 있는 자기의 팔에 힘을 주었다.

서울 1964년 겨울

1964년 겨울을 서울에서 지냈던 사람이면 누구나 알 수 있겠지만, 밤이 되면 거리에 나타나는 선술집 — 오뎅과 군참새와 세 가지 종류의 술 등을 팔고 있고, 얼어붙은 거리를 휩쓸며 부는 차가운 바람이 펄럭거리게 하는 포장을 들치고 안으로 들어서게 되어 있고, 그 안에 들어서면 카바이드 불의 길쭉한 불꽃이 바람에 흔들리고 있는, 염색한 군용 잠바를 입고 있는 중년 사내가 술을 따르고 안주를 구워 주고 있는 그러한 선술집에서, 그날 밤, 우리 세 사람은 우연히 만났다. 우리 세 사람이란 나와 도수 높은 안경을 쓴 '안'이라는 대학원 학생과 정체는 알 수 없지만 요컨대 가난뱅이라는 것만은 분명하여 그의 정체를 꼭 알고 싶다는 생각은 조금도 나지 않는 서른대여섯 살짜리 사내를 말한다.

먼저 말을 주고받게 된 것은 나와 대학원생이었는데, 뭐 그렇고 그런 자기소개가 끝났을 때는 나는 그가 안씨라는 성을 가진 스물다섯 살짜리 대한민국 청년, 대학 구경을 해 보지 못한 나로서는 상상이 되지 않는 전공을 가신 대학원생, 부잣집 장남이라는 걸 알았고, 그는 내가 스물다섯 살짜리 시골 출신, 고등학교를 나오고 육군사관학교를 지원했다가 실패하고 나서 군대에 갔다가 임질에 한 번 걸려 본 적이 있고 지금은 구청 병사계에서 일하고 있다는 것을 아마 알았을 것이다.

자기소개들은 끝났지만 그러고 나서는 서로 할 얘기가 없었다. 잠시 동안은 조용히 술만 마셨는데 나는 새카맣게 구워진 군참새를 집을 때 할 말이 생겼기 때문에 마음속으로 군참새에게 감사하고 나서 얘기를 시작했다.

"안형, 파리를 사랑하십니까?"

"아니요, 아직까진……." 그가 말했다. "김형은 파리를 사랑하세요?"

"예."라고 나는 대답했다. "날 수 있으니까요. 아닙니다. 날 수 있는 것으로서 동시에 내 손에 붙잡힐 수 있는 것이니까요. 날 수 있는 것으로서 손안에 잡아 본 적이 있으세요?"

"가만 계셔 보세요." 그는 안경 속에서 나를 멀거니 바라보며 잠시 동안 표정을 꼼지락거리고 있었다. 그리고 말했다. "없어요, 나도 파리밖에는……."

낮엔 이상스럽게도 날씨가 따뜻했기 때문에 길은 얼음이 녹아서 흙물로 가득했었는데 밤이 되면서부터 다시 기온이 내려가고 흙물은 우리의 발밑에서 다시 얼어붙기 시작했다. 소가죽으로 지어진 내 검정 구두는 얼고 있는 땅바닥에서 올라오고 있는 찬 기운을 충분히 막아 내지 못하고 있었다. 사실 이런 술집이란, 집으로 돌아가는 길에 잠깐 한잔하고 싶은 생각이 든 사람이나 들어올 데지, 마시면서 곁에 선 사람과 무슨 얘기를 주고받을 만한 데는 되지 못하는 곳이다. 그런 생각이 문득 들었지만 그 안경잡이가 때마침 나에게 기특한 질문을 했기 때문에 나는 '이놈 그럴듯하다'고 생각되어 추위 때문에 저려드는 내 발바닥에게 조금만

참으라고 부탁했다.

"김형, 꿈틀거리는 것을 사랑하십니까?" 하고 그가 내게 물었던 것이다.

"사랑하구 말구요." 나는 갑자기 의기양양해서 답답했다. 추억이란 그것이 슬픈 것이든지 기쁜 것이든지 그것을 생각하는 사람을 의기양양하게 한다. 슬픈 추억일 때는 고즈넉이 의기양양해지고 기쁜 추억일 때는 소란스럽게 의기양양해진다.

"사관학교 시험에서 미역국을 먹고 나서도 얼마 동안, 나는 나처럼 대학 입학시험에 실패한 친구 하나와 미아리에서 하숙하고 있었습니다. 서울엔 그때가 처음이었죠. 장교가 된다는 꿈이 깨어져서 나는 퍽 실의에 빠져 있었습니다. 그때 영영 실의해 버린 느낌입니다. 아시겠지만 꿈이 크면 클수록 실패가 주는 절망감도 대단한 힘을 발휘하더군요. 그 무렵 재미를 붙인 게 아침의 만원된 버스 칸이었습니다. 함께 있는 친구와 나는 하숙집의 아침 밥상을 밀어 놓기가 바쁘게 미아리고개 위에 있는 버스 정류장으로 달려갑니다. 개처럼 숨을 헐떡거리면서 말입니다. 시골에서 처음으로 서울에 올라온 청년들의 눈에 가장 부럽고 신기하게 비추이는 게 무언지 아십니까? 부러운 건, 뭐니 뭐니 해도, 밤이 되면 빌딩들의 창에 켜지는 불빛, 아니 그 불빛 속에서 이리저리 움직이고 있는 사람들이고 신기한 건 버스 칸 속에서 1센티미터도 안 되는 간격을 두고 자기 곁에 예쁜 아가씨가 서 있다는 사실입니다. 때로는 아가씨들과 팔목의 살을 대고 있기도 하고 허벅다리를 비비고 서 있을 수도 있어서 그것 때문에 나는 하루 종일을 시내버스를 이것저것 갈아타면서 보낸 적도 있습니다. 물론 그날 밤엔 너무 피로해서 토했습니다만……."

"잠깐, 무슨 얘기를 하시자는 겁니까?"

"꿈틀거리는 것을 사랑한다는 얘기를 하려던 참이었습니다. 들어보세요. 그 친구와 나는 출근 시간의 만원 버스 속을 쓰리꾼들처럼 안으로 비집고 들어갑니다. 그리고 자리를 잡고 앉아 있는 젊은 여자 앞에 섭니다. 나는 한 손으로 손잡이를 잡고 나서, 달려오느라고 좀 멍해진 머리를 올리고 있는 손에 기댑니다. 그리고 내 앞에 앉아 있는 여자의 아랫배 쪽으로 천천히 시선을 보냅니다. 그러면 처음엔 얼른 눈에 뜨이지 않지만 시간이 조금 가고 내 시선이 투명해지면서부터는 나는 그 여자의 아랫배가 조용히 오르내리는 것을 볼 수 있습니다……."

"오르내린다는 건…… 호흡 때문에 그러는 것이겠죠?"

"물론입니다. 시체의 아랫배는 꿈쩍도 하지 않으니까요. 하여튼…… 나는 그 아침의 만원 버스 칸 속에서 보는 젊은 여자 아랫배의 조용한 움직임을 보고 있으면 왜 그렇게 마음이 편안해지고 맑아지는지 모르겠습니다. 나는 그 움직임을 지독하게 사랑합니다."

"퍽 음탕한 얘기군요."라고 안은 기묘한 음성으로 말했다. 나는 화가 났다. 그 얘기는, 내가 만일 라디오의 박사 게임 같은 데에 나가게 돼서 "세상에서 가장 신선한 것은?"이라는 질문을 받게 되었을 때, 남들은 상추니 5월의 새벽이니 천사의 이마니 하고 대답하겠지만 나는 그 움직임을 가장 신선한 것이라고 대답하려니 하고 일부러 기억해 두었던 것이었다.

"그 얘기는 정말입니까?"

"음탕하지 않다는 것과 정말이라는 것 사이엔 어떤 관계가 있죠?"

"모르겠습니다. 관계 같은 것은 난 모릅니다. 요컨대……."

"그렇지만 그 동작은 '오르내린다'는 것이지 꿈틀거린다는 것은 아니군요. 김형은 아직 꿈틀거리는 것을 사랑하지 않으시구먼."

우리는 다시 침묵 속으로 떨어져서 술잔만 만지작거리고 있었다. 개새끼, 그게 꿈틀거리는 게 아니라고 해도 괜찮다, 하고 나는 생각하고 있었다. 그런데 잠시 후에 그가 말했다.

"난 방금 생각해 봤는데 김형의 그 오르내림도 역시 꿈틀거림의 일종이라는 결론을 얻었습니다."

"그렇죠?" 나는 즐거워졌다. "그것은 틀림없이 꿈틀거림입니다. 난 여자의 아랫배를 가장 사랑합니다. 안형은 어떤 꿈틀거림을 사랑합니까?"

"어떤 꿈틀거림이 아닙니다. 그냥 꿈틀거리는 거죠. 그냥 말입니다. 예를 들면…… 데모도……."

"데모가? 데모를? 그러니까 데모……."

"서울은 모든 욕망의 집결지입니다. 아시겠습니까?"

"모르겠습니다."라고 나는 할 수 있는 한 깨끗한 음성을 지어서 대답했다.

그때 우리의 대화는 또 끊어졌다. 이번엔 침묵이 오래 계속되었다. 나는 술잔을 입으로 가져갔다. 내가 잔을 비우고 났을 때 그도 잔을 입에 대고 눈을 감고 마시고 있는 게 보였다. 나는 이젠 자리를 떠나야 할 때가 되었다고 다소 서글픈 기분으로 생각했다. 결국 그렇고 그렇다. 또 한 번 확인된 것에 지나지 않다고 생각하면서 "자, 그럼 다음에 또……."라고 말할까 "재미있었습니다."라고 말할까, 궁리하고 있는데 술잔을 비운 안이 갑자기 한 손으로 내 한쪽 손을 살그머니 잡으면서 말했다.

"우리가 거짓말을 하고 있었다고 생각하지 않으십니까?"

"아니요." 나는 좀 귀찮은 생각이 들었다. "안형은 거짓말을 했는지 모르지만 내가 한 얘기는 정말이었습니다."

"난 우리가 거짓말을 하고 있었던 것 같은 느낌이 듭니다." 그는 붉어진 눈두덩을 안경 속에서 두어 번 끔벅거리고 나서 말했다. "난 우리 또래의 친구를 새로 알게 되면 꼭 꿈틀거림에 대한 얘기를 하고 싶어집니다. 그래서 얘기를 합니다. 그렇지만 얘기는 5분도 안 돼서 끝나 버립니다."

나는 그가 무슨 얘기를 하고 있는지 알 듯 하기도 했고 모를 것 같기도 했다.

"우리 다른 얘기 합시다." 하고 그가 다시 말했다.

나는 심각한 얘기를 좋아하는 이 친구를 골려 주기 위해서 그리고 한편으로는 자기의 음성을 자기가 들을 수 있는 취한 사람의 특권을 맛보고 싶어서 얘기를 시작했다.

"평화시장 앞에 줄지어 선 가로등들 중에서 동쪽으로부터 여덟 번째 등은 불이 켜 있지 않습니다……." 나는 그가 좀 어리둥절해하는 것을 보자 더욱 신이 나서 얘기를 계속했다.

"……그리고 화신 백화점 6층의 창들 중에서는 그중 세 개에서만 불빛이 나오고 있었습니다……."

그러자 이번엔 내가 어리둥절해질 사태가 벌어졌다. 안의 얼굴에 놀라운 기쁨이 빛나기 시작했기 때문이다.

그가 빠른 말씨로 얘기하기 시작했다.

"서대문 버스 정거장에는 사람이 서른두 명 있는데 그중 여자가 열일곱 명이었고, 어린애는 다섯 명 젊은이는 스물한 명 노인이 여섯 명입니다."

"그건 언제 일이지요?"

"오늘 저녁 7시 15분 현재입니다."

"아." 하고 나는 잠깐 절망적인 기분이었다가 그 반작용인듯 굉장히 기분이 좋아져서 털어놓기 시작했다.

"단성사 옆 골목의 첫 번째 쓰레기통에는 초콜릿 포장지가 두 장 있습니다."

"그건 언제?"

"지난 14일 저녁 9시 현재입니다."

"적십자병원 정문 앞에 있는 호두나무의 가지 하나는 부러져 있습니다."

"을지로 3가에 있는 간판 없는 한 술집에는 미자라는 이름을 가진 색시가 다섯 명 있는데 그 집에 들어온 순서대로 큰 미자, 둘째 미자, 셋째 미자, 넷째 미자, 막내 미자라고들 합니다."

"그렇지만 그건 다른 사람들도 알고 있겠군요. 그 술집에 들어가 본 사람은 꼭 김형 하나뿐이 아닐 테니까요."

"아 참, 그렇군요. 난 미처 그걸 생각하지 못했는데. 난 그중에서 큰 미자와 하루저녁 같이 잤는데 그 여자는 다음 날 아침, 일수(日收)로 물건을 파는 여자가 왔을 때 내게 팬티 하나를 사 주었습니다. 그런데 그 여자가 저금통으로 사용하고 있는 한 되들이 빈 술병에는 돈이 110원 들어 있었습니다."

"그건 얘기가 됩니다. 그 사실은 완전히 김형의 소유입니다."

우리의 말투는 점점 서로를 존중해 가고 있었다. "나는……." 하고 우리는 동시에 말을 시작하기도 했다. 그럴 때는 번갈아서 서로 양보했다.

"나는……." 이번에는 그가 말할 차례였다. "서대문 근처에서 서울역 쪽으로 가는 전차의 트롤리가 내 시야 속에서 꼭 다섯 번 파란 불꽃을 튀기는 것을 보았습니다. 그건 오늘 밤 7시 25분에 거길 지나가는 전차였습니다."

"안형은 오늘 저녁엔 서대문 근처에서 살고 있었군요."

"난 종로 2가 쪽입니다. 영보빌딩 안에 있는 변소 문의 손잡이 조금 밑에는 약 2센티미터 가량의 손톱자국이 있습니다."

"하하하하." 하고 그는 소리 내어 웃었다.

"그건 김형이 만들어 놓은 자국이겠지요?"

나는 무안했지만 고개를 끄덕이지 않을 수 없었다. 그건 사실이었다.

"어떻게 아세요?" 하고 나는 그에게 물었다.

"나도 그런 경험이 있으니까요." 그가 대답했다. "그렇지만 별로 기분 좋은 기억이 못 되더군요. 역시 우리는 그냥 바라보고 발견하고 비밀히 간직해 두는 편이 좋겠어요. 그런 짓을 하고 나서는 뒷맛이 좋지 않더군요."

"난 그런 짓을 많이 했습니다만 오히려 기분이 좋았……." 좋았다고 말하려고 했는데, 갑자기 내가 했던 모든 것에 대한 혐오감이 치밀어서 나는 말을 그치고 그의 의견에 동의하는 고갯짓을 해 버렸다.

그러자 그때 나는 이상스럽다는 생각이 들었다. 내가 약 30분 전에 들은 말이 틀림없다면 지금 내 옆에서 안경을 번쩍이고 앉아 있는 친구는 틀림없는 부잣집 아들이고, 높은 공부를 한 청년이다. 그런데 왜 그가 이래야만 되는가?

"안형이 부잣집 아들이라는 것은 사실이겠지요? 그리구

대학원생이라는 것도……." 내가 물었다.

"부동산만 해도 대략 3000만 원쯤 되면 부자가 아닐까요? 물론 내 아버지의 재산이지만 말입니다. 그리고 대학원생이란 건 여기 학생증이 있으니까……."

그러면서 그는 호주머니를 뒤적거려서 지갑을 꺼냈다.

"학생증까진 필요 없습니다. 실은 좀 의심스러운 게 있어서요. 안형 같은 사람이 추운 밤에 싸구려 선술집에 앉아서 나 같은 친구나 간직할 만한 일에 대해서 얘기하고 있다는 것이 이상스럽다는 생각이 방금 들었습니다."

"그건…… 그건……."

"그건……. 그렇지만 먼저 물어보고 싶은 게 있는데요. 김형이 추운 밤에 밤거리를 쏘다니는 이유는 무엇입니까?"

"습관은 아닙니다. 나 같은 가난뱅이는 호주머니에 돈이 좀 생겨야 밤거리에 나올 수 있으니까요."

"글쎄, 밤거리에 나오는 이유는 뭡니까?"

"하숙방에 들어앉아서 벽이나 쳐다보고 있는 것보다는 나으니까요."

"밤거리에 나오면 뭔가 좀 풍부해지는 느낌이 들지 않습니까?"

"뭐가요?"

"그 뭔가가. 그러니까 생(生)이라고 해도 좋겠지요. 난 김형이 왜 그런 질문을 하는지 그 이유를 조금은 알 것 같습니다. 내 대답은 이렇습니다. 밤이 됩니다. 난 집에서 거리로 나옵니다. 난 모든 것에서 해방된 것을 느낍니다. 아니, 실제로는 그렇지 않을는지 모르지만 그렇게 느낀다는 말입니다. 김형은 그렇게 안 느낍니까?"

"글쎄요."

"나는 사물 틈에 끼어서가 아니라 사물을 멀리 두고 바라보게 됩니다. 안 그렇습니까?"

"글쎄요. 좀……."

"아니, 어렵다고 말하지 마세요. 이를테면 낮엔 그저 스쳐 지나가던 모든 것이 밤이 되면 내 시선 앞에서 자기들의 벌거벗은 몸을 송두리째 드러내 놓고 쩔쩔맨단 말입니다. 그런데 그게 의미가 없는 일일까요? 그런, 사물을 바라보며 즐거워한다는 일이 말입니다."

"의미요? 그게 무슨 의미가 있습니까? 난 무슨 의미가 있기 때문에 종로 2가에 있는 빌딩들의 벽돌 수를 헤아리는 일을 하는 게 아닙니다. 그냥…….”

“그렇죠? 무의미한 겁니다. 아니 사실은 의미가 있는지도 모르지만 난 아직 그걸 모릅니다. 김형도 아직 모르는 모양인데 우리 한번 함께 그거나 찾아볼까요. 일부러 만들어 붙이지는 말고요.”

“좀 어리둥절하군요. 그게 안형의 대답입니까? 난 좀 어리둥절한데요. 갑자기 의미라는 말이 나오니까.”

“아, 참, 미안합니다. 내 대답은 아마 이렇게 될 것 같군요. 그냥 뭔가 뿌듯해지는 느낌이 들기 때문에 밤거리로 나온다고.” 그는 이번엔 목소리를 낮추어서 말했다. “김형과 나는 서로 다른 길을 걸어서 같은 지점에 온 것 같습니다. 만일 이 지점이 잘못된 지점이라고 해도 우리 탓은 아닐거예요.” 그는 이번엔 쾌활한 음성으로 말했다. “자, 여기서 이렇게 아니라 어디 따뜻한 데 가서 정식으로 한 잔씩 하고 헤어집시다. 난 한바퀴 돌고 여관으로 갑니다. 가끔 이렇게 밤거리를 쏘다니는 밤엔 난 꼭 여관에서 자고 갑니다. 여관엘 찾아든다는 프로가 내게는 최고죠.”

우리는 각기 계산하기 위해서 호주머니에 손을 넣었다. 그때 한 사내가 우리에게 말을 걸어왔다. 우리 곁에서 술잔을 받아 놓고 연탄불에 손을 쬐고 있던 사내였는데, 술을 마시기 위해서 거기에 들어온 것이 아니라 불을 쬐고 싶어서 잠깐 들렀다는 꼴을 하고 있었다. 제법 깨끗한 코트를 입고 있었고 머리엔 기름도 얌전하게 발라서 카바이드등의 불꽃이 너풀댈 때마다 머리 위의 하이라이트가 이리저리 움직이고 있었다. 그러나 어디선지는 분명하지는 않았지만 가난뱅이 냄새가 나는 서른대여섯 살짜리 사내였다. 아마 빈약하게 생긴 턱 때문이었을까, 아니면 유난히 새빨간 눈시울 때문이었을까. 그 사내가 나나 안 중의 어느 누구에게라고 할 것 없이 그냥 우리 쪽을 향하여 말을 걸어온 것이다.

"미안하지만 제가 함께 가도 괜찮을까요? 제게 돈은 얼마 있습니다만……."이라고 그 사내는 힘없는 음성으로 말했다.

그 힘없는 음성으로 봐서는 꼭 끼어 달라는 건 아니라는 것 같았지만 한편으로는 우리와 함께 가고 싶은 생각이 간

절하다는 것 같기도 했다. 나와 안은 잠깐 얼굴을 마주 보고 나서

"아저씨 술값만 있다면……"이라고 내가 말했다.

"함께 가시죠."라고 안도 내 말을 이었다.

"고맙습니다." 하고 그 사내는 여전히 힘없는 음성으로 말하면서 우리를 따라왔다.

안은 일이 좀 이상하게 되었다는 얼굴을 하고 있었고, 나 역시 유쾌한 예감이 들지는 않았다. 술좌석에서 알게 된 사람끼리는 의외로 재미있게 놀게 되는 것을 몇 번의 경험으로 알고 있었지만 대개의 경우, 이렇게 힘없는 목소리로 끼어드는 양반은 없었다. 즐거움이 넘치고 넘친다는 얼굴로 요란스럽게 끼어들어야만 일이 되는 것이었다. 우리는 갑자기 목적지를 잊은 사람들처럼 사방을 두리번거리면서 느릿느릿 걸어갔다. 전봇대에 붙은 약 광고판 속에서는 이쁜 여자가 '춥지만 할 수 있느냐.'는 듯한 쓸쓸한 미소를 띠고 우리를 내려다보고 있었고, 어떤 빌딩의 옥상에서는 소주 광고의 네온사인이 열심히 명멸하고 있었고, 하마터면 잊어버릴 뻔했다는 듯이 황급히 꺼졌다간 다시 켜져서 오랫

동안 빛나고 있었고, 이젠 완전히 얼어붙은 길 위에는 거지가 돌덩이처럼 여기저기 엎드려 있었고, 그 돌덩이 앞을 사람들은 힘껏 웅크리고 빠르게 지나가고 있었다. 종이 한 장이 바람에 휙 날리어 거리의 저쪽에서 이쪽으로 날아오고 있었다. 그 종잇조각은 내 발밑에 떨어졌다. 나는 종잇조각을 집어 들었는데 그것은 '美姬 서비스, 特別 廉價'라는 것을 강조한 어느 비어홀의 광고지였다.

"지금 몇 시쯤 되었습니까?" 하고 힘없는 아저씨가 안에게 물었다.

"아홉 시 10분 전입니다"라고 잠시 후에 안이 대답했다.

"저녁들은 하셨습니까? 난 아직 저녁을 안 했는데, 제가 살 테니까 같이 가시겠어요?"

힘없는 아저씨가 이번엔 나와 안을 번갈아보며 말했다.

"먹었습니다" 하고 나와 안은 동시에 대답했다.

"혼자서 하시죠"라고 내가 말했다.

"그만두겠습니다." 힘없는 아저씨가 대답했다.

"하세요. 따라가 드릴 테니까요." 안이 말했다.

"감사합니다. 그럼……."

우리는 근처의 중국 요릿집으로 들어갔다. 방으로 들어가서 앉았을 때 아저씨는 또 한 번 간곡하게 우리가 뭘 좀 들 것을 권했다. 우리는 또 한 번 사양했다. 그는 또 권했다.

"아주 비싼 걸 시켜도 괜찮겠습니까?"라고 나는 그의 권유를 철회시키기 위해 말했다.

"네, 사양 마시고." 그가 처음으로 힘 있는 목소리로 말했다.

"돈을 써버리기로 결심했으니까요."

나는 그 사내에게 어떤 꿍꿍이속이 있는 것만 같은 느낌이 들어서 좀 불안했지만, 통닭과 술을 시켜 달라고 했다. 그는 자기가 주문한 것 외에 내가 말한 것도 종업원에게 청했다. 안은 어처구니없는 얼굴로 나를 보았다. 나는 그때 마침 옆방에서 들려오는 여자의 불그레한 신음을 듣고 있었다.

"안형도 뭘 좀 드시죠"라고 아저씨가 안에게 말했다.

"아니, 전……." 안은 술이 다 깬다는 듯이 펄쩍 뛰고 사양했다.

우리는 조용히 옆방의 다급해져가는 신음에 귀를 기울이고 있었다. 전차의 끽끽거리는 소리와 홍수 난 강물소리

같은 자동차들의 달리는 소리도 희미하게 들려오고 있었고 가까운 곳에서는 이따금 초인종 울리는 소리도 들렸다. 우리의 방은 어색한 침묵에 싸여 있었다.

"말씀드리고 싶은 게 있는데요." 마음씨 좋은 아저씨가 말하기 시작했다. "들어주셨으면 고맙겠습니다……. 오늘 낮에 제 아내가 죽었습니다. 세브란스 병원에 입원해 있었는데……." 그는 이젠 슬프지도 않다는 얼굴로 우리를 빤히 쳐다보며 말하고 있었다. "네에에." "그거 안되셨군요"라고 안과 나는 각각 조의를 표했다.

"아내와 나는 참 재미있게 살았습니다. 아내가 어린애를 낳지 못하기 때문에 시간은 몽땅 우리 두 사람의 것이었습니다. 돈은 넉넉하진 못했습니다만 그래도 돈이 생기면 우리는 어디든지 같이 다니면서 재미있게 지냈습니다. 딸기 철엔 수원(水原)에도 가고, 포도 철엔 안양(安養)에도 각, 여름이면 대천(大川)에도 가고, 가을엔 경주(慶州)에도 가고, 밤엔 함께 영화 구경, 쇼 구경 하러 열심히 극장에 쫓아다니기도 했습니다……."

"무슨 병환이셨던가요?" 하고 안이 조심스럽게 물었다.

"급성 뇌막염이라고 의사가 그랬습니다. 아내는 옛날에 급성 맹장염 수술을 받은 적도 있고, 급성 폐렴을 앓은 적도 있다고 했습니다만 모두 괜찮았는데 이번 급성엔 결국 죽고 말았습니다……. 죽고 말았습니다."

사내는 고개를 떨구고 한참 동안 무언지 입을 우물거리고 있었다. 안이 손가락으로 내 무릎을 찌르며 우리는 꺼지는 게 어떻겠느냐는 눈짓을 보냈다. 나 역시 동감이었지만 그때 사내가 다시 고개를 들고 말을 계속했기 때문에 우리는 눌러앉아 있을 수밖에 없었다.

"아내와는 재작년에 결혼했습니다. 우연히 알게 됐습니다. 친정이 대구 근처에 있다는 얘기만 했지 한 번도 친정과는 내왕이 없었습니다. 난 처갓집이 어딘지도 모릅니다. 그래서 할 수 없었어요." 그는 다시 고개를 떨구고 입을 우물거렸다.

"뭘 할 수 없었다는 말입니까?" 내가 물었다.

그는 내 말을 못 들은 것 같았다. 그러나 한참 후에 다시 고개를 들고 마치 애원하는 듯한 눈빛으로 말을 이었다.

"아내의 시체를 병원에 팔았습니다. 할 수 없었습니다.

난 서적 월부판매 외판원에 지나지 않습니다. 할 수 없었습니다. 돈 4,000원을 주더군요. 난 두 분을 만나기 얼마 전까지도 세브란스병원 울타리 곁에 서 있었습니다. 아내가 누워 있을 시체실이 있는 건물을 알아보려고 했습니다만 어딘지 알 수 없었습니다. 그냥 울타리 곁에 앉아서 병원의 큰 굴뚝에서 나오는 희끄무레한 연기만 바라보고 있었습니다. 아내는 어떻게 될까요? 학생들이 해부 실습하느라고 톱으로 머리를 가르고 칼로 배를 찢고 한다는데 정말 그러겠지요?"

우리는 입을 다물고 있을 수밖에 없었다. 사환이 단무지와 파가 담긴 접시를 갖다 놓고 나갔다.

"기분 나쁜 얘길 해서 미안합니다. 다만 누구에게라도 얘기 하지 않고서는 견딜 수 없었습니다. 한 가지만 의논해 보고 싶은데, 이 돈을 어떻게 하면 좋을까요? 저는 오늘 저녁에 다 써 버리고 싶은데요."

"쓰십시오." 안이 얼른 대답했다.

"이 돈이 다 없어질 때까지 함께 있어 주시겠어요?" 사내가 말했다. 우리는 얼른 대답하지 못했다. "함께 있어 주십시오.” 사내가 말했다. 우리는 승낙했다.

“멋있게 한번 써 봅시다.”라고 사내는 우리와 만난 후 처음으로 웃으면서 그러나 여전히 힘없는 음성으로 말했다.

중국집에서 거리로 나왔을 때는 우리는 모두 취해 있었고, 돈은 1,000원이 없어졌고 사내는 한쪽 눈으로 울고 다른 쪽 눈으로는 웃고 있었고, 안은 도망갈 궁리를 하기에도 지쳐 버렸다고 내게 말하고 있었고, 나는 “악센트 찍는 문제를 모두 틀려 버렸단 말야, 악센트 말야.”라고 중얼거리고 있었고, 거리는 영화에서 본 식민지의 거리처럼 춥고 한산했고, 그러나 여전히 소주 광고는 부지런히, 약 광고는 게으름을 피우며 반짝이고 있었고, 전봇대의 아가씨는 ‘글쎄 그래요.’라고 웃고 있었다.

“이제 어디로 갈까?” 하고 아저씨가 말했다.

“어디로 갈까?” 안이 말하고

“어디로 갈까?”라고 나도 그들의 말을 흉내 냈다.

아무 데도 갈 데가 없었다. 방금 우리가 나온 중국집 곁에 양품점의 쇼윈도가 있었다. 사내가 그쪽을 가리키며 우리를 끌어당겼다. 우리는 양품점 안으로 들어갔다.

"넥타이를 골라 가져. 내 아내가 사 주는 거야." 사내가 호통을 쳤다.

우리는 알록달록한 넥타이를 하나씩 들었고, 돈은 600원이 없어져 버렸다. 우리는 양품점에서 나왔다.

"어디로 갈까?"라고 사내가 말했다.

갈 데는 계속해서 없었다. 양품점의 앞에는 귤 장수가 있었다.

"아내는 귤을 좋아했다."고 외치며 사내는 귤을 벌여 놓은 수레 앞으로 돌진했다. 300원이 없어졌다. 우리는 이빨로 귤껍질을 벗기면서 그 부근에서 서성거렸다.

택시가 우리 앞에 멎었다. 우리가 차에 오르자마자 사내는 "세브란스로!"라고 말했다.

"안 됩니다. 소용없습니다." 안이 재빠르게 외쳤다.

"안 될까?" 사내가 중얼거렸다. "그럼 어디로?" 아무도 대답하지 않았다.

"어디로 가시는 겁니까?"라고 운전수가 짜증난 음성으로 말했다.

"갈 데가 없으면 빨리 내리쇼."

우리는 차에서 내렸다. 결국 우리는 중국집에서 스무 발자국도 더 벗어나지 못하고 있었다.

거리의 저쪽 끝에서 요란한 사이렌 소리가 나타나서 점점 가깝게 달려들었다. 소방차 두 대가 우리 앞을 빠르고 시끄럽게 지나쳐 갔다.

"택시!" 사내가 고함쳤다.

택시가 우리 앞에 멎었다. 우리가 차에 오르자마자 사내는 "저 소방차 뒤를 따라 갑시다."라고 말했다.

나는 귤껍질을 세 개째 벗기고 있었다.

"지금 불구경하러 가고 있는 겁니까?"라고 안이 아저씨에게 말했다. "안 됩니다. 시간이 없습니다. 벌써 10시 반인데요. 좀 더 재미있게 지내야죠. 돈은 이제 얼마 남았습니까?"

아저씨는 호주머니를 뒤져서 돈을 모두 털어 냈다. 그리고 그것을 안에게 건네줬다. 안과 나는 헤아려 봤다. 1,900원하고 동전이 몇 개, 10원짜리가 몇 장이 있었다.

"됐습니다." 안은 돈을 다시 돌려주면서 말했다. "세상엔 다행히 여자의 특징만 중점적으로 내보이는 여자들이 있습니다."

"내 아내 얘깁니까?"라고 사내가 슬픈 음성으로 물었다. "내 아내의 특징은 너무 잘 웃는다는 것이었습니다."

"아닙니다. 종삼으로 가자는 얘기였습니다." 안이 말했다.

사내는 안을 경멸하는 듯한 웃음을 띠며 고개를 돌려 버렸다. 그러는 사이에 우리는 화재가 난 곳에 도착했다. 30원이 없어졌다. 화재가 난 곳은 아래층인 페인트 상점이었는데 지금은 미용 학원인 2층에서 불길이 창으로부터 뿜어 나오고 있었다. 경찰들의 호각 소리, 소방차들의 사이렌 소리, 불길 속에서 나는 탁탁 소리, 물줄기가 건물의 벽에 부딪쳐서 나는 소리, 그러나 사람들의 소리는 아무것도 나지 않았다. 사람들은 불빛에 비쳐 무안당한 사람처럼 붉은 얼굴로, 정물처럼 서 있었다.

우리는 발밑에 굴러 있는 페인트 든 통을 하나씩 궁둥이 밑에 깔고 웅크리고 앉아서 불구경을 했다. 나는 불이 좀 더 오래 타기를 바랐다. 미용 학원이라는 간판에 불이 붙고 있었다. '원' 자에 불이 붙기 시작했다.

"김형, 우린 우리 얘기나 합시다." 하고 안이 말했다. "화재 같은 건 아무것도 아닙니다. 내일 아침 신문에서 볼 것을 오늘 밤에 미리 봤다는 차이밖에 없습니다. 저 화재는 김형의 것도 아니고 내 것도 아니고 이 아저씨 것도 아닙니다. 우리 모두의 것이 돼 버립니다. 그러나 화재는 항상 계속해서 나고 있는 건 아닙니다. 그러기 때문에 난 화재엔 흥미가 없습니다. 김형은 어떻게 생각하십니까?"

"동감입니다." 나는 아무렇게나 대답하며 이젠 '학' 자에 불이 붙고 있는 것을 보았다.

"아니 난 방금 말을 잘못했습니다. 화재는 우리 모두의 것이 아니라 화재는 오로지 화재 자신의 것입니다. 화재에 대해서 우리는 아무것도 아닙니다. 그러기 때문에 난 화재에 흥미가 없습니다. 김형은 어떻게 생각하십니까?"

"동감입니다."

물줄기 하나가 불타고 있는 '학'으로 달려들고 있었다. 물이 닿은 곳에서는 회색 연기가 피어올랐다. 힘없는 아저씨가 갑자기 힘차게 깡통으로부터 일어섰다.

"내 아냅니다." 하고 사내는 환한 불길 속을 손가락질하며 눈을 크게 뜨고 소리쳤다. "내 아내가 머리를 막 흔들고 있습니다. 골치가 깨질듯이 아프다고 머리를 막 흔들고 있습니다. 여보……."

"골치가 깨질 듯이 아픈 게 뇌막염의 증세입니다. 그렇지만 저건 바람에 휘날리는 불길입니다. 앉으세요. 불 속에 아주머님이 계실 리가 있습니까?"라고 안이 아저씨를 끌어 앉히며 말했다. 그러고 나서 안은 나에게 나지막하게 속삭였다. "이 양반, 우릴 웃기는데요."

나는 꺼졌다고 생각하고 있던 '학'에 다시 불이 붙고 있는 것을 보았다. 물줄기가 다시 그곳으로 뻗어 가고 있었다. 그러나 물줄기는 겨냥을 잘 잡지 못하고 이리저리 흔들리고 있었다. 불은 날쌔게 '용'을 핥고 있었다. 나는 '미'까지 어서 불 붙기를 바라고 있었고 그리고 그 간판에 불이 붙는 과정을 그 많은 불 구경꾼들 중에서 나 혼자만 알고 있기를 바랐다. 그러나 그때 문득 나는 불이 생명을 가진 것처럼 생각되어서, 내가 조금 전에 바라고 있던 것을 취소해 버렸다.

무언가 하얀 것이 우리가 웅크리고 앉아 있는 곳에서 불타고 있는 건물 쪽으로 날아가는 것이 보였다. 그 비둘기는 불 속으로 떨어졌다.

"무엇이 불 속으로 들어갔지요?" 내가 안을 돌아다보며 물었다.

"예, 뭐가 날아갔습니다." 안은 나에게 대답하고 나서 이번엔 아저씨를 돌아다보며 "보셨어요?" 하고 그에게 물었다.

아저씨는 잠자코 앉아 있었다. 그때 순경 한 사람이 우리 쪽으로 달려왔다.

"당신이다."라고 순경은 아저씨를 한 손으로 붙잡으면서 말했다.

"방금 무얼 불 속에 던졌소?"

"아무것도 안 던졌습니다."

"뭐라구요?" 순경은 때릴 듯한 시늉을 하며 아저씨에게 소리쳤다. "내가 던지는 걸 봤단 말요. 무얼 불 속에 던졌소?"

"돈입니다."

"돈?"

"돈과 돌을 손수건에 싸서 던졌습니다."

"정말이오?" 순경은 우리에게 물었다.

"예, 돈이었습니다. 이 아저씨는 불난 곳에 돈을 던지면 장사가 잘된다는 이상한 믿음을 가졌답니다. 말하자면 좀 돌았다고 할 수 있는 사람이지만 나쁜 것은 결코 하지 않는 장사꾼입니다." 안이 대답했다.

"돈은 얼마였소?"

"1원짜리 동전 한 개였습니다." 안이 다시 대답했다.

순경이 가고 났을 때 안이 사내에게 물었다.

"정말 돈을 던졌습니까?"

"예"

"모두?"

"예."

우리는 꽤 오랫동안 불꽃이 튀는 탁탁 소리에 귀를 기울이고 있었다. 한참 후에 안이 사내에게 말했다.

"결국 그 돈은 다 쓴 셈이군요…… 자, 이젠 그럼 약속이 끝났으니 우린 가겠습니다."

"안녕히 계십시오."라고 나도 아저씨에게 작별 인사를 했다.

안과 나는 돌아서서 걷기 시작했다. 사내가 우리를 쫓아와서 안과 나의 팔을 한쪽씩 붙잡았다.

"나 혼자 있기가 무섭습니다." 그는 벌벌 떨며 말했다.

"곧 통행금지 시간이 됩니다. 난 여관으로 가서 잘 작정입니다." 안이 말했다.

"난 집으로 갈 겁니다." 내가 말했다.

"함께 갈 수 없겠습니까? 오늘밤만 같이 지내 주십시오. 부탁합니다. 잠깐만 저를 따라와 주십시오." 사내는 말하고 나서 나를 붙잡고 있는 자기의 팔을 부채질하듯이 흔들었다. 아마 안의 팔에 대해서도 그렇게 했으리라.

"어디로 가자는 겁니까?" 나는 아저씨에게 물었다.

"여관비를 구하러 잠깐 이 근처에 들렀다가 모두 함께 여관으로 갔으면 하는데요."

"여관에요?" 나는 내 호주머니 속에 든 돈을 손가락으로 계산해 보며 말했다.

"여관비라면 내가 모두 내겠으니 그럼 함께 가시지요." 안이 나와 사내에게 말했다.

"아닙니다. 폐를 끼쳐 드리고 싶지 않습니다. 잠깐만 절 따라와 주십시오."

"돈을 빌리러 가는 겁니까?"

"아닙니다. 받아야 할 돈이 있습니다."

"이 근처에요?"

"예 여기가 남영동이라면."

"아마 틀림없는 남영동인 것 같군요." 내가 말했다.

사내가 앞장을 서고 안과 내가 그 뒤를 쫓아서 우리는 화재로부터 멀어져 갔다.

"빚 받으러 가기에는 시간이 너무 늦었습니다." 안이 사내에게 말했다.

"그렇지만 저는 받아야 합니다."

우리는 어느 어두운 골목으로 들어섰다. 골목의 모퉁이를 몇 개인가 돌고 난 뒤에 사내는 대문 앞에 전등이 켜져 있는 집 앞에서 멈췄다. 나와 안은 사내로부터 열 발자국쯤 떨어진 곳에서 멈췄다. 사내가 벨을 눌렀다. 잠시 후에 대문이 열리고, 사내가 대문 안에 선 사람과 말하는 소리가 들렸다.

"주인 아저씨를 뵙고 싶은데요."

"주무시는데요."

"그럼 주인 아주머니는……."

"주무시는데요."

"꼭 뵈어야겠는데요."

"기다려 보세요."

대문이 다시 닫혔다. 안이 달려가서 사내의 팔을 잡아끌었다.

"그냥 가시죠?"

"괜찮습니다. 받아야 할 돈이니까요."

안이 다시 먼저 서 있던 곳으로 걸어왔다. 대문이 열렸다.

"밤늦게 죄송합니다." 사내가 대문을 향해서 고개를 숙이며 말했다.

"누구시죠?" 대문은 잠에 취한 여자의 음성을 냈다.

"죄송합니다. 이렇게 너무 늦게 찾아와서. 실은……."

"누구시죠? 술 취하신것 같은데……"

"월부 책값 받으러 온 사람입니다." 하고 사내는 갑자기 비명 같은 높은 소리로 외쳤다. "월부 책값 받으러 온 사람입니다." 이번엔 사내는 문기둥에 두 손을 짚고 앞으로 뻗은 자기 팔 위에 얼굴을 파묻으며 울음을 터뜨렸다. "월부 책값 받으러 온 사람입니다. 월부 책값……." 사내는 계속해서 흐느꼈다.

"내일 낮에 오세요." 대문이 탁 닫혔다.

사내는 계속해서 울고 있었다. 사내는 가끔 "여보."라고 중얼거리며 오랫동안 울고 있었다. 우리는 여전히 열 발자국쯤 떨어진 곳에서 그가 울음을 그치기를 기다리고 있었다. 한참 후에 그가 우리 앞으로 비틀비틀 걸어왔다.

우리는 여전히 고개를 숙이고 어두운 골목길을 걸어서 거리로 나왔다. 적막한 거리에는 찬 바람이 세차게 불고 있었다.

"몹시 춥군요."라고 사내는 우리를 염려한다는 음성으로 말했다.

"추운데요. 빨리 여관으로 갑시다." 안이 말했다.

"방을 한 사람씩 따로 잡을까요?" 여관에 들어갔을때 안이 우리에게 말했다. "그게 좋겠지요?"

"모두 한 방에 드는게 좋겠지요."라고 나는 아저씨를 생각해서 말했다.

아저씨는 그저 우리 처분만 바란다는 듯한 태도로 또는 자기가 서 있는 곳이 어딘지도 모른다는 태도로 멍하니 서 있었다. 여관에 들어서자 우리는 모든 프로가 끝나 버린 극장에서 나오는 때처럼 어찌할 바를 모르고 거북스럽기만

했다. 여관에 비한다면 거리가 우리에게는 더 좁았던 셈이었다. 벽으로 나누어진 방들, 그것이 우리가 들어가야 할 곳이었다.

"모두 같은 방에 들기로 하는 것이 어떻겠어요?" 내가 다시 말했다.

"난 지금 피곤합니다." 안이 말했다. "방은 각각 하나씩 차지하고 자기로 하지요."

"혼자 있기가 싫습니다."라고 아저씨가 중얼거렸다.

"혼자 주무시는 게 편하실 거예요." 안이 말했다.

우리는 복도에서 헤어져서 사환이 지적해 준, 나란히 붙은 방 세 개에 각각 한 사람씩 들어갔다.

"화투라도 사다가 놉시다." 헤어지기 전에 내가 말했지만

"난 아주 피곤합니다. 하시고 싶으면 두 분이나 하세요." 라고 안은 말하고 나서 자기의 방으로 들어가 버렸다.

"나도 피곤해 죽겠습니다. 안녕히 주무세요."라고 나는 아저씨에게 말하고 나서 내 방으로 들어갔다. 숙박계엔 거짓 이름, 거짓 주소, 거짓 나이, 거짓 직업을 쓰고 나서 사환이 가져다 놓은 자리끼를 마시고 나는 이불을 뒤집어썼다.

나는 꿈도 안꾸고 잘 잤다.

다음 날 아침 일찍이 안이 나를 깨웠다.

"그 양반, 역시 죽어 버렸습니다." 안이 내 귀에 입을 대고 그렇게 속삭였다.

"예?" 나는 잠이 깨끗이 깨어 버렸다.

"방금 그 방에 들어가 보았는데 역시 죽어 버렸습니다."

"역시……." 나는 말했다. "사람들이 알고 있습니까?"

"아직까진 아무도 모르는 것 같습니다. 우린 빨리 도망해 버리는 게 시끄럽지 않을 것 같습니다."

"자살이지요?"

"물론 그것이겠죠."

나는 급하게 옷을 주워 입었다. 개미 한 마리가 방바닥을 내 발이 있는 쪽으로 기어 오고 있었다. 그 개미가 내 발을 붙잡으려고 하는 것 같은 느낌이 들어서 나는 얼른 자리를 옮겨 디디었다.

밖의 이른 아침에는 싸락눈이 내리고 있었다. 우리는 할 수 있는 한 빠른 걸음으로 여관에서 떨어져 갔다.

"난 그 사람이 죽으리라는 걸 알고 있었습니다." 안이 말했다.

"난 짐작도 못했습니다."라고 나는 사실대로 얘기했다.

"난 짐작하고 있었습니다." 그는 코트의 깃을 세우며 말했다. "그렇지만 어떻게 합니까?"

"그렇지요. 할 수 없지요. 난 짐작도 못했는데……." 내가 말했다.

"짐작했다고 하면 어떻게 하겠어요?" 그가 내게 물었다.

"씨팔것, 어떻게 합니까? 그 양반 우리더러 어떡하라는 건지……."

"그러게 말입니다. 혼자 놓아두면 죽지 않을 줄 알았습니다. 그게 내가 생각해 본 최선의 그리고 유일한 방법이었습니다."

"난 그 양반이 죽으리라고는 짐작도 못했다니까요. 씨팔것, 약을 호주머니에 넣고 다녔던 모양이군요."

안은 눈을 맞고 있는 어느 앙상한 가로수 밑에서 멈췄다. 나도 그를 따라서 멈췄다. 그가 이상하다는 얼굴로 나에게 물었다.

"김형, 우리는 분명히 스물다섯 살짜리죠?"

"난 분명히 그렇습니다."

"나두 그건 분명합니다." 그는 고개를 한 번 기웃했다.

"두려워집니다."

"뭐가요?" 내가 물었다.

"그 뭔가가, 그러니까……." 그가 한숨 같은 음성으로 말했다. "우리가 너무 늙어 버린 것 같지 않습니까?"

"우린 이제 겨우 스물다섯 살입니다." 나는 말했다.

"하여튼……." 하고 그가 내게 손을 내밀며 말했다.

"자, 여기서 헤어집시다. 재미 많이 보세요." 하고 나도 그의 손을 잡으며 말했다.

우리는 헤어졌다. 나는 마침 버스가 막 도착한 길 건너편의 버스 정류장으로 달려갔다. 버스에 올라서 창으로 내다보니 안은 앙상한 나뭇가지 사이로 내리는 눈을 맞으며 무언지 곰곰이 생각하고 서 있었다.

무진기행

무진으로 가는 버스

버스가 산모퉁이를 돌아갈 때 나는 '무진 Mujin 10km'라는 이정비를 보았다. 그것은 옛날과 똑같은 모습으로 길가의 잡초 속에서 튀어나와 있었다. 내 뒷좌석에 앉아 있는 사람들 사이에서 다시 시작된 대화를 나는 들었다. "앞으로 10킬로 남았군요." "예, 한 30분 후에 도착할 겁니다." 그들은 농사 관계의 시찰원들인 듯했다. 아니 그렇지 않은지도 모른다. 그러나 하여튼 그들은 색 무늬 있는 반소매 셔츠를 입고 있었고 데드롱 직(織)의 바지를 입었고 지나쳐

오는 마을과 들과 산에서 아마 농사 관계의 전문가들이 아니면 할 수 없는 관찰을 했고 그것을 전문적인 용어로 얘기하고 있었다. 광주에서 기차를 내려서 버스로 갈아탄 이래, 나는 그들이 시골 사람들답지 않게 낮은 목소리로 점잔을 빼면서 얘기하는 것을 반수면 상태 속에서 듣고 있었다. 버스 안의 좌석들은 많이 비어 있있다. 그 시찰원들의 대화에 의하면 농번기이기 때문에 사람들이 여행을 할 틈이 없어서라는 것이었다. "무진엔 명산물이…… 뭐 별로 없지요?" 그들은 대화를 계속하고 있었다. "별게 없지요. 그러면서도 그렇게 많은 사람들이 살고 있다는 건 좀 이상스럽거든요." "바다가 가까이 있으니 항구로 발전할 수도 있었을 텐데요?" "가 보시면 아시겠지만 그럴 조건이 되어 있는 것도 아닙니다. 수심이 얕은 데다가 그런 얕은 바다를 몇 백리나 밖으로 나가야만 비로소 수평선이 보이는 진짜 바다다운 바다가 나오는 곳이니까요." "그럼 역시 농촌이군요." "그렇지만 이렇다 할 평야가 있는 것도 아닙니다." "그럼 그 오륙만이 되는 인구가 어떻게들 살아가나요?" "그러니까 그럭저럭이란 말이 있는 게 아닙니까?" 그들은 점잖게 소리 내어 웃었다. "원, 아무리 그렇지만 한 고장에 명산물 하나쯤은 있어야지." 웃음 끝에 한 사람이 말하고 있었다.

무진에 명산물이 없는 게 아니다. 나는 그것이 무엇인지 알고 있다. 그것은 안개다. 아침에 잠자리에서 일어나서 밖으로 나오면, 밤사이에 진주해 온 적군들처럼 안개가 무진을 뺑 둘러싸고 있는 것이었다. 무진을 둘러싸고 있던 산들도 안개에 의하여 보이지 않는 먼 곳으로 유배당해 버리고 없었다. 안개는 마치 이승에 한이 있어서 매일 밤 찾아오는 여귀가 뿜어내 놓은 입김과 같았다. 해가 떠오르고, 바람이 바다 쪽에서 방향을 바꾸어 불어오기 전에는 사람들의 힘으로써는 그것을 헤쳐 버릴 수가 없었다. 손으로 잡을 수 없으면서도 그것은 뚜렷이 존재했고 사람들을 둘러쌌고 먼 곳에 있는 것으로부터 사람들을 떼어 놓았다. 안개, 무진의 안개, 무진의 아침에 사람들이 만나는 안개, 사람들로 하여금 해와 바람을 간절히 부르게 하는 무진의 안개, 그것이 무진의 명산물이 아닐 수 있을까!

버스의 덜커덩거림이 좀 덜해졌다. 버스의 덜커덩거림이 더하고 덜하는 것을 나는 턱으로 느끼고 있었다. 나는 몸에서 힘을 빼고 있었으므로 버스가 자갈이 깔린 시골길을 달려오고 있는 동안 내 턱은 버스가 껑충거리는 데 따라서 함께 덜그럭거리고 있었다. 턱이 덜그럭거릴 정도로 몸에서 힘을 빼고 버스를 타고 있으면, 긴장해서 버스를 타고 있을 때보다 피로가 더욱 심해진다는 것을 알고 있었지만 그러나 열려진 차창으로 들어와서 나의 밖으로 드러난 살갗을 사정없이 간지럽히고 불어가는 6월의 바람이 나를 반수면 상태로 끌어 넣었기 때문에 나는 힘을 주고 있을 수가 없었다. 바람은 무수히 작은 입자로 되어 있고 그 입자들은 할 수 있는 한, 욕심껏 수면제를 품고 있는 것처럼 내게는 생각되었다. 그 바람 속에는, 신선한 햇볕과 아직 사람들의 땀에 밴 살갗을 스쳐 보지 않았다는 천진스러운 저온, 그리고 지금 버스가 달리고 있는 길을 에워싸며 버스를 향하여 달려오고 있는 산줄기의 저편에 바다가 있다는 것을 알리는 소금기, 그런 것들이 이상스레 한데 어울리면서 녹아 있었다. 햇볕의 신선한 밝음과 살갗에 탄력을 주는 정도의 공기의 저온, 그리고 해풍에 섞여 있는 정도의 소금기, 이 세 가지만 합성해서 수면제를 만들어 낼 수 있다면 그것은 이 지상에 있는 모든 약방의 진열장 안에 있는 어떠한 약보다도 가장 상쾌한 약이 될 것이고 그리고 나는 이 세계에서 가장 돈 잘 버는 제약 회사의 전무님이 될 것이다. 왜냐하면 사람들은 누구나 조용히 잠들고 싶어 하고 조용히 잠든다는 것은 상쾌한 일이기 때문이다.

그런 생각을 하자 나는 쓴웃음이 나왔다. 동시에 무진이 가까웠다는 것이 더욱 실감되었다. 무진에 오기만 하면 내가 하는 생각이란 항상 그렇게 엉뚱한 공상들이었고 뒤죽박죽이었던 것이다. 다른 어느 곳에서도 하지 않았던 엉뚱한 생각을, 나는 무진에서는 아무런 부끄럼 없이, 거침없이 해내곤 했었던 것이다. 아니 무진에서는 내가 무엇을 생각하고 어쩌고 하는 게 아니라 어떤 생각들이 나의 밖에서 제멋대로 이루어진 뒤 나의 머릿속으로 밀고 들어오는 듯했었다.

"당신 안색이 아주 나빠져서 큰일 났어요. 어머님의 산소에 다녀온다는 핑계를 대고 무진에 며칠 동안 계시다가 오세요. 주주총회에서의 일은 아버지하고 저하고 다 꾸며 놓을게요. 당신은 오랜만에 신선한 공기를 쐬고 그리고 돌아와 보면 대회생 제약회사의 전무님이 되어 있을 게 아니에요?" 라고, 며칠 전날 밤, 아내가 나의 파자마 깃을 손가락으로 만지작거리며 나에게 진심에서 나온 권유를 했을 때도, 가기 싫은 심부름을 억지로 갈 때 아이들이 불평을 하듯이 내가 몇 마디 입안엣소리로 투덜댄 것도, 무진에서는 항상 자신을 상실하지 않을 수 없었던 과거의 경험에 의한 조건반사였었다.

내가 좀 나이가 든 뒤로 무진에 간 것은 몇 차례 되지 않았지만 그 몇 차례 되지 않은 무진행이 그러나 그때마다 내게는 서울에서의 실패로부터 도망해야 할 때거나 하여튼 무언가 새출발이 필요할 때였었다. 새출발이 필요할 때 무진으로 간다는 그것은 우연이 결코 아니었고 그렇다고 무진에 가면 내게 새로운 용기라든가 새로운 계획이 술술 나오기 때문도 아니였었다. 오히려 무진에서의 나는 항상 처박혀 있는 상태였었다. 더러운 옷차림과 누우런 얼굴로 나는 항상 골방 안에서 뒹굴었다. 내가 깨어 있을 때는, 수없이 많은 시간의 대열이 멍하니 서 있는 나를 비웃으며 흘러가고 있었고, 내가 잠들어 있을 때는, 긴긴 악몽들이 거꾸러져 있는 나에게 혹독한 채찍질을 하였다. 나의 무진에 대한 연상의 대부분은, 나를 돌봐 주고 있는 노인들에 대하여 신경질을 부리던 것과 골방 안에서의 공상과 불면을 쫓아 보려고 행했던 수음과 곧잘 편도선을 붓게 하던 독한 담배꽁초와 우편배달부를 기다리던 초조함 따위거나 그것들에 관련된 어떤 행위들이었다. 물론 그것들만 연상되었던 것은 아니다. 서울의 어느 거리에서고 나의 청각이 문득 외부로 향하면 무자비하게 쏟아져 들어오는 소음에 비틀거릴 때거나, 밤늦게 신당동 집 앞의 포장된 골목을 자동차로 올라갈 때, 나는 물이 가득한 강물이 흐르고 잔디로 덮인 방죽이 시오리 밖의 바닷가까지 뻗어 나가 있고 작은 숲이 있고 다리가 많고 골목이 많고 흙담이 많고 높은 포플러가 에워싼 운동장을 가진 학교들이 있고 바닷가에서 주워 온 까만 자갈이 깔린 뜰을 가진 사무소들이 있고 대로 만든 와상(臥床)이 밤거리에 나앉아 있는 시골을 생각했고 그것은 무진이었다. 문득 한적이 그리울 때도 나는 무진을 생각했었다. 그러나 그럴 때의 무진은 내가 관념 속에서 그리고 있는 어느 아늑한 장소일 뿐이지 거기엔 사람들이 살고 있지 않았다. 무진이라고 하면 그것에의 연상은 아무래도 어둡던 나의 청년이었다.

그렇다고 무진에의 연상이 꼬리처럼 항상 나를 따라다녔다는 것은 아니다. 차라리, 나의 어둡던 세월이 일단 지나가 버린 지금은 나는 거의 항상 무진을 잊고 있었던 편이다. 어제 저녁 서울역에서 기차를 탈 때에도, 물론 전송 나온 아내와 회사 직원 몇 사람에게 일러둘 말이 너무 많아서 거기에 정신이 쏠려 있던 탓도 있었겠지만, 하여튼 나는 무진에 대한 그 어두운 기억들이 그다지 실감나게 되살아오지는 않았다. 그런데 오늘 이른 아침, 광주에서 기차를 내려서 역구내를 빠져 나올 때 내가 본 한 미친 여자가 그 어두운 기억들을 확 잡아 끌어당겨서 내 앞에 던져 주었다. 그 미친 여자는 나일론의 치마저고리를 맵시 있게 입고 있었고 팔에는 시절에 맞추어 고른 듯한 핸드백도 걸치고 있었다. 얼굴도 예쁜 편이고 화장이 화려했다. 그 여자가 미친 사람이라는 것을 알 수 있는 것은 쉬임없이 굴리고 있는 눈동자와 그 여자를 에워싸고 서서 선 하품을 하며 그 여자를 놀려대고 있는 구두닦이 아이들 때문이었다. "공부를 많이

해서 돌아버렸대." "아냐, 남자한테서 채여서야." "저 여자 미국말도 참 잘한다. 물어볼까?" 아이들은 그런 얘기를 높은 목소리로 하고 있었다. 좀 나이가 든 여드름쟁이 구두닦이 하나는 그 여자의 젖가슴을 손가락으로 집적거렸고 그럴 때마다 그 여자는 여전히 무표정한 얼굴로 비명만 지르고 있었다. 그 여자의 비명이, 옛날 내가 무진의 골방 속에서 쓴 일기의 한 구절을 문득 생각나게 한 것이다.

그때는 어머니가 살아 계실 때였다. 6·25사변으로 대학의 강의가 중단되었기 때문에 서울을 떠나는 마지막 기차를 놓친 나는 서울에서 무진까지의 천여 리 길을 발가락이 몇 번이고 부르터지도록 걸어서 내려왔고, 어머니에 의해서 골방에 처박혀졌고 의용군의 징발도 그 후의 국군의 징병도 모두 기피해 버리고 있었었다. 내가 졸업한 무진의 중학교의 상급반 학생들이 무명지에 붕대를 감고 "이 몸이 죽어서 나라가 선다면……."을 부르며 읍 광장에 서 있는 트럭들로 행진해 가서 그 트럭들에 올라타고 일선으로 떠날 때도 나는 골방 속에 쭈그리고 앉아서 그들의 행진이 집 앞을 지나가는 소리를 듣고만 있었다. 전선이 북쪽으로 올라가고 대학이 강의를 시작했다는 소식이 들려왔을 때도 나는 무진의 골방 속에 숨어 있었다. 모두가 나의 홀어머님 때문이다. 모두가 전쟁터로 몰려갈 때 나는 내 어머니에게 몰려서 골방 속에 숨어서 수음을 하고 있었다. 이웃집 젊은이의 전사 통지가 오면 어머니는 내가 무사한 것을 기뻐했고, 이따금 일선의 친구에게서 군사우편이 오기라도 하면 나 몰래 그것을 찢어버리곤 했었다. 내가 골방보다는 전선을 택하고 싶어 하는 것을 알고 있었기 때문이다. 그 무렵에 쓴 나의 일기장들은, 그 후에 태워 버려서 지금은 없지만, 모두가 스스로를 모멸하고 오욕을 웃으며 견디는 내용들이었다. "어머니, 혹시 제가 지금 미친다면 대강 다음과 같은 원인들 때문일 테니 그 점에 유의하셔서 저를 치료해 보십시오……." 이러한 일기를 쓰던 때를, 이른 아침 역구내에서 본 미친 여자가 내 앞으로 끌어당겨 주었던 것이다. 무진이 가까웠다는 것을 나는 그 미친 여자를 통하여 느꼈고 그리고 방금 지나친, 먼지를 둘러쓰고 잡초 속에서 튀어나와 있는 이정비를 통하여 실감했다.

"이번에 자네가 전무가 되는 건 틀림없는 거구, 그러니

자네 한 일주일 동안 시골에 내려가서 긴장을 풀고 푹 쉬었다가 오게. 전무님이 되면 책임이 더 무거워질 테니 말야."

아내와 장인 영감은 자신들은 알지 못하는 사이에 퍽 영리한 권유를 내게 한 셈이었다. 내가 긴장을 풀어 버릴 수 있는, 아니 풀어 버릴 수밖에 없는 곳을 무진으로 정해 준 것은 대단히 영리한 것이었다.

버스는 무진 읍내로 들어서고 있었다. 기와지붕들도 양철지붕들도 초가지붕들도 6월 하순의 강렬한 햇볕을 받고 모두 은빛으로 번쩍이고 있었다. 철공소에서 들리는 쇠망치 두드리는 소리가 잠깐 버스로 달려들었다가 물러났다. 어디선지 분뇨(糞尿) 냄새가 새어 들어왔고 병원 앞을 지날 때는 크레졸 냄새가 났고, 어느 상점의 스피커에서는 느려빠진 유행가가 흘러나왔다. 거리는 텅 비어 있었고 사람들은 처마 끝의 그늘에 쭈그리고 앉아 있었다. 어린아이들은 발가벗고 기우뚱거리며 그늘 속을 걸어 다니고 있었다. 읍의 포장된 광장도 거의 텅 비어 있었다. 햇볕만이 눈부시게 그 광장 위에서 끓고 있었고 그 눈부신 햇볕 속에서, 정적 속에서 개 두 마리가 혀를 빼물고 교미를 하고 있었다.

밤에 만난 사람들

저녁 식사를 하기 조금 전에 나는 낮잠에서 깨어나서 신문지국들이 몰려 있는 거리로 갔다. 이모님 댁에서는 신문을 구독하고 있지 않았다. 그렇지만 신문은, 도회인이 누구나 그렇듯이 이제 내 생활의 일부로서 내 하루의 시작과 끝을 맡아 보고 있었던 것이다. 내가 찾아간 신문 지국에 나는 이모님 댁의 주소와 약도를 그려 주고 나왔다. 밖으로 나올 때 나는 내 등 뒤에서 지국 안에 있던 사람들이 그들끼리 무어라고 수군거리는 소리를 들었다. 아마 나를 알고 있는 사람들이었던 모양이다. "……그래에? 거만하게 생겼는데……." "……출세했다지?……." "……옛날……폐병……." 그런 속삭임 속에서, 나는 밖으로 나오면서 은근히 한마디를 기다리고 있었다. 그러나 결국 "안녕히 가십시오."는 나오지 않고 말았다. 그것이 서울과의 차이점이었다. 그들은 이제 점점 수군거림의 소용돌이 속으로 끌려 들어가고 있으리라. 자기 자신조차 잊어 버리면서, 나중에 그 소용돌이 밖으로 내던져졌을 때 자기들이 느낄 공허감도 모른다는 듯이 수군거리고 또 수군거리고 있으리라. 바다가 있는 쪽에서 바람이 불어오고 있었다. 몇 시간 전에 버스에서 내릴 때보다 거리는 많이 번잡해졌다. 학생들이 학교에서 돌아오고 있었다. 그들은 책가방이 주체스러운 모양인지 그것을 뱅뱅 돌리기도 하며 어깨 너머로 넘겨 들기도 하며 두 손으로 껴안기도 하며 혀끝에 침으로 방울을 만들면서 그것을 입바람으로 훅 불어 날리곤 했다. 학교 선생들과 사무소의 직원들도 달그락거리는 빈 도시락을 들고 축 늘어져서 지나가고 있었다. 그러자 나는 이 모든 것이 장난처럼 생각되었다. 학교에 다닌다는 것, 학생들을 가르친다는 것, 사무소에 출근했다가 퇴근한다는 이 모든 것이 실없는 장난이라는 생각이 든 것이다. 사람들이 거기에 매달려서 낑낑댄다는 것이 우습게 생각되었다.

이모 댁으로 돌아와서 저녁을 먹고 있을 때, 나는 방문을 받았다. '박'이라고 하는 무진중학교의 내 몇 해 후배였다. 한 때 독서광이었던 나를 그 후배는 무척 존경하는 눈치였다. 그는 학생 시대에 이른바 문학 소년이었던 것이다. 미국의 작가인 피츠제럴드를 좋아한다고 하는 그 후배는 그러나 피츠제럴드의 팬답지 않게 아주 얌전하고 매사에 엄숙하였고 그리고 가난하였다. "신문 지국에 있는 제 친구에게서 내려오셨다는 얘길 들었습니다. 웬일이십니까?" 그는 정말 반가워해 주었다. "무진엔 왜 내가 못 올 덴가?" 그렇게 대답하며 나는 내 말투가 마음에 거슬렸다. "너무 오랫동안 오시지 않았으니까 그러는 거죠. 제가 군대에서 막 제대했을 때 오시고 이번이 처음이니까 벌써……." "벌써 한 4년 되는군……." 4년 전 나는, 내가 경리의 일을 보고 있던 제약회사가 좀 더 큰 다른 회사와 합병되는 바람에 일자리를 잃고 무진으로 내려왔던 것이다. 아니 단지 일자리를 잃었다는 이유만으로 서울을 떠났던 것은 아니다. 동거하고 있던 희만 그대로 내 곁에 있어 주었던들 실의의 무진행은 없었으리라. "결혼하셨다더군요?" 박이 물었다. "흐응, 자넨?" "전 아직. 참, 좋은 데로 장가드셨다고들 하더군요." "그래? 자넨 왜 여태 결혼하지 않고 있나? 자네 금년에 어떻게 되지?" "스물아홉입니다." "스물아홉이라. 아홉수가 원래 사납다고 하더만, 금년엔 어떻게 해보지 그래?" "글쎄요." 박은 소년처럼 머리를 긁었다. 4년 전이니까 그해의 내 나이가 스물아홉이었고, 희가 내 곁에서 달아나 버릴 무렵에 지금 아내의 전남편이 죽었던 것이다. "무슨 나쁜 일이 있었던 건 아니겠죠?" 옛날의 내 무진행의 내용을 다소 알고 있는 박은 그렇게 물었다. "응, 아마 승진이 될 모양인데 며칠 휴가를 얻었지." "잘 되셨군요. 해방 후의 무진중학 출신 중에선 형님이 제일 출세하셨다고들 하고 있어요." "내가?" 나는 웃었다. "예, 형님하고 형님 동기 중에서 조형하고요." "조라니 나하고 친하게 지내던 애 말인가?" "예, 그 형이 재작년인가 고등고시에 패스해서 지금 여기 세무서장으로 있거든요." "아, 그래?" "모르셨어요?" "서로 소식이 별로 없었지. 그 애가 옛날엔 여기 세무서에서 직원으로 있었지, 아마?" "예" "그거 잘됐군. 오늘 저녁엔 그 친구에게나 가볼까?" 친구 조는 키가 작았고 살결이 검은 편이었다. 그래서 키가 크고 살결이 창백한 나에게 열등감을 느낀다는 얘기를 내게 곧잘 했었다. "옛날에 손금이 나쁘다고 판단 받은 소년이 있었다. 그 소년은 자기의 손톱으로 손바닥에 좋은 손금을 파가며 열심히 일했다. 드디어 그 소년은 성공해서 잘살았다." 조는 이런 얘기에 가장 감격하는 친구였다. "참, 자넨 요즘 뭘 하고 있나?" 내가 박에게 물었다. 박은 얼굴을 붉히고 잠시 머뭇거리다가 모교에서 교편을 잡고 있다고, 그것이 무슨 잘못이라도 되는 것처럼 우물거리며 대답했다. "좋지 않아? 책 읽을 여유가 있으니까 얼마나 좋은가. 난 잡지 한 권 읽을 여유가 없네. 무얼 가르치고 있나?" 후배는 내 말에 용기를 얻었는지 아까보다는 조금 밝은 목소리로 대답했다. "국어를 가르치고 있습니다." " 잘했어. 학교 측에서 보면 자네 같은 선생을 구하기도 힘들거야." "그렇지도 않아요. 사범대학 출신들 때문에 교원 자격 고시 합격증 가지고 견디기가 힘들어요." "그게 또 그런가?" 박은 아무 말 없이 씁쓸한 미소만 지어 보였다.

저녁 식사 후, 우리는 술 한 잔씩을 마시고 나서 세무 서장이 된 조의 집을 향하여 갔다. 거리는 어두컴컴했다. 다리를 건널 때 나는 냇가의 나무들이 어슴푸레하게 물속에 비쳐 있는 것을 보았다. 옛날 언젠가, 역시 이 다리를 밤중에 건너면서 나는 이 시커멓게 웅크리고 있는 나무들을 저주했었다. 금방 소리를 지르며 달려들 듯한 모습으로 나무들은 서 있었던 것이다. 세상에 나무가 없다면 얼마나 좋을까

하고 생각하기도 했었다. "모든 게 여전하군." 내가 말했다. "그럴까요?" 후배가 웅얼거리듯이 말했다.

조의 응접실에는 손님들이 네 사람 있었다. 나의 손을 아프도록 쥐고 흔들고 있는 조의 얼굴이 옛날보다 윤택해지고 살결도 많이 하얘진 것을 나는 보고 있었다. "어서 자리로 앉아라. 이거 원 누추해서……. 빨리 마누랄 얻어야겠는데……." 그러나 방은 결코 누추하지 않았다. "아니 아직 결혼 안 했나?" 내가 물었다. "법률 책 좀 붙들고 앉아 있었더니 그렇게 돼 버렸어. 어서 앉아." 나는 먼저 온 손님들에게 소개되었다. 세 사람은 남자로서 세무서 직원들이었고 한 사람은 여자로서 나와 함께 온 박과 무언가 얘기를 주고받고 있었다. "어어, 밀담들은 그만하시고, 하선생, 인사해요. 내 중학 동창인 윤희중이라는 친굽니다. 서울에 있는 큰 제약회사의 간사님이시고 이쪽은 우리 모교에 와 계시는 음악 선생님이시고. 하인숙 씨라고, 작년에 서울에서 음악대학을 나오신 분이지." "아, 그러세요. 같은 학교에 계시는군요." 나는 박과 그 여선생을 번갈아 가리키며 여선생에게 말했다. "네." 여선생은 방긋 웃으며 대답했고 내 후배는 고개를 숙여 버렸다. "고향이 무진이신가요?" "아네요. 발령이 이곳으로 났기 땜에 저 혼자 와 있는 거예요." 그 여자는 개성 있는 얼굴을 가지고 있었다. 윤곽은 갸름했고 눈이 컸고 얼굴은 노리끼리했다. 전체로 보아서 병약한 느낌을 주고 있었지만 그러나 좀 높은 콧날과 두꺼운 입술이 병약하다는 인상을 버리도록 요구하고 있었다. 그리고 카랑카랑한 목소리가 코와 입이 주는 인상을 더욱 강하게 하고 있었다. "전공이 무엇이었던가요?" "성악 공부 좀 했어요." "그렇지만 하 선생님은 피아노도 아주 잘 치십니다." 박이 곁에서 조심스런 목소리로 끼어들었다. 조도 거들었다. "노래를 아주 잘하시지. 소프라노가 굉장하시거든." "아, 소프라노를 맡으시는가요?" 내가 물었다. "네, 졸업 연주회 때 「나비부인」 중에서 「어떤 갠 날」을 불렀어요." 그 여자는 졸업 연주회를 그리워하고 있는 듯한 음성으로 말했다.

방바닥에는 비단의 방석이 놓여 있고 그 위에는 화투짝이 흩어져 있었다. 무진이다. 곧 입술을 태울 듯이 불타 들어가는 담배꽁초를 입에 물고 눈으로 들어오는 그 담배 연기 때문에 눈물을 찔끔거리며 눈을 가늘게 뜨고, 이미 정오가 가까운 시각에야 잠자리에서 일어나서 그날의 허황한 운수를 점쳐 보던 화투짝이었다. 또는, 자신을 팽개치듯이 끼어들던 언젠가의 노름판, 그 노름판에서 나의 뜨거워져 가는 머리와 떨리는 손가락만을 제외하곤 내 몸을 전연 느끼지 못하게 만들던 그 화투짝이었다. "화투가 있군, 화투가." 나는 한 장을 집어서 소리가 나게 내려치고 다시 그것을 집어서 내려치고 또 집어서 내려치고 하며 중얼거렸다. "우리 돈내기 한판 하실까요?" 세무서 직원 중의 하나가 내게 말했다. 나는 싫었다. "다음 기회에 하지요." 세무서 직원들은 싱글싱글 웃었다. 조가 안으로 들어갔다가 나왔다. 잠시 후에 술상이 나왔다.

"여기에 얼마쯤 있게 되나?" "일주일 가량." "청첩장 한 장 없이 결혼해 버리는 법이 어디 있어? 하기야 청첩장을 보냈더라도 그땐 내가 세무서에서 주판알 튕기고 있을 때니까 별 수도 없었겠지만 말이다." "난 그랬지만 청첩장 보내야 한다." "염려 마라. 금년 안으로는 받아 볼 수 있게 될 거다." 우리는 별로 거품이 일지 않는 맥주를 마셨다. "제약회사라면 그게 약 만드는 데 아닙니까?" "그렇죠."

"평생 병 걸릴 염려는 없겠습니다. 그려." 굉장히 우스운 익살을 부렸다는 듯이 직원들은 방바닥을 치며 오랫동안 웃었다. "참 박군, 학생들한테서 인기가 대단하더구먼……. 기껏 5분쯤 걸어오면 될 거리에 살면서 나한테 왜 통 놀러 오지 않았나?" "늘 생각은 하고 있었습니다만……." "저기 앉아 계시는 하선생님한테서 자네 얘긴 늘 듣고 있었지. ……자, 하선생 맥주는 술도 아니니까 한 잔 들어봐요. 평소엔 그렇지도 않던데 오늘 저녁에 왜 이렇게 얌전을 피우실까?" "네, 네. 거기 놓으세요. 제가 마시겠어요." "맥주는 좀 마셔 봤지요?" "대학 다닐 때 친구들과 어울려서 방문을 안으로 잠가 놓고 소주도 마셔본걸요." "이거 술꾼인 줄은 몰랐는데." "마시고 싶어서 마신 게 아니라 시험 삼아서 맛 좀 본 거예요." "그래서 맛이 어떻습디까?" "모르겠어요. 술잔을 입에서 떼자마자 쿨쿨 자 버렸으니까요." 사람들이 웃었다. 박만이 억지로 웃는 듯한 웃음이었다. "내가 항상 생각하는 바지만, 하 선생님의 좋은 점은 바로 저기에 있거든. 될 수 있으면 얘기를 재미있게 하려고 한다는 점, 바로 그거야." "일부러 재미있게 하려고 하는 게 아녜요. 대학 다닐 때의 말버릇이에요." "아하, 그러고 보면 하선생의 나쁜 점은 바로 저기 있어. '내가 대학 다닐 때'라는 말을 빼 놓곤 얘기가 안 됩니까? 나처럼 대학엔 문전에도 가보지 못한 사람은 서러워서 살겠어요?" "죄송합니다." "그럼 내게 사과하는 뜻에서 노래 한 곡 들려주시겠어요?" "그거 좋습니다." "좋지요." "한 번 들어봅시다." 사람들이 박수를 쳤다. 여선생은 머뭇거렸다. "서울 손님도 오고 했으니까……. 그 지난번에 부르던 거 참 좋습디다." 조는 재촉했다. "그럼 부릅니다." 여선생은 거의 무표정한 얼굴로 입을 조금만 달싹거리며 노래를 부르기 시작했다. 세무서 직원들이 손가락으로 술상을 두드리기 시작했다. 여선생은 「목포의 눈물」을 부르고 있었다. 「어떤 갠 날」과 「목포의 눈물」 사이에는 얼마만큼의 유사성이 있을까? 무엇이 저 아리아들로써 길들여진 성대에서 유행가를 나오게 하고 있을까? 그 여자가 부르는 「목포의 눈물」에는 작부들이 부르는 그것에서 들을 수 있는 것과 같은 꺾임이 없었고, 대체로 유행가를 살려주는 목소리의 갈라짐이 없었고 흔히 유행가가 내용으로 하는 청승맞음이 없었다. 그 여자의 「목포의 눈물」은 이미 유행가가 아니었다. 그렇다고 「나비부인」 중의 아리아는 더욱 아니었다. 그것은 이전에는 없었던 어떤 새로운 양식의 노래였다. 그 양식은 유행가가 내용으로 하는 청승맞음과는 다른, 좀 더 무자비한 청승맞음을 포함하고 있었고 「어떤 갠 날」의 그 절규보다도 훨씬 높은 옥타브의 절규를 포함하고 있었고, 그 양식에는 머리를 풀어헤친 광녀의 냉소가 스며 있었고 무엇보다도 시체가 썩어 가는 듯한 무진의 그 냄새가 스며 있었다.

그 여자의 노래가 끝나자 나는 의식적으로 바보 같은 웃음을 띠고 박수를 쳤고 그리고 육감으로써랄까, 나는 후배인 박이 이 자리에서 떠나고 싶어 하는 것을 알았다. 나의 시선이 박에게로 갔을 때, 나의 시선을 박은 기다렸다는 듯이 자리에서 일어났다. 누군지가 그에게 앉기를 권했으나 박은 해사한 웃음을 띠며 거절했다. "먼저 실례합니다. 형님은 내일 또 뵙지요." 조는 대문까지 따라 나왔고 나는 한길까지 박을 바래다주러 나갔다. 밤이 깊지 않았는데도 거리는 적막했다. 어디선지 개 짖는 소리가 들려왔고 쥐 몇 마리가 한 길 위에서 무엇을 먹고 있다가 우리의 그림자에 놀라 흩어져 버렸다. "형님, 보세요. 안개가 내리는군요." 과연 한길의 저 끝이, 불빛이 드문드문 박혀 있는 먼 주택지의 검은 풍경들이 점점 풀어져가고 있었다. "자네, 하선생을 좋아하고 있는 모양이군." 내가 물었다. 박은 다시 해사한 웃음을 띠었다. "그 여선생과 조군과 무슨 관계가 있는 모양이지?" "모르겠습니다. 아마 조형이 결혼 대상자 중의 하나로 생각하고 있는 거 같아요." "자네가 그 여선생을 좋아한다면 좀 더 적극적으로 나가야해. 잘 해봐." "뭐, 별로……." 박은 소년처럼 말을 더듬거렸다. "그 속물들 틈에 앉아서 유행가를 부르고 있는 게 좀 딱해 보였을 뿐이지요. 그래서 나와 버린 거죠." 박은 분노를 누르고 있는 듯이 나직나직 말했다. "클래식을 부를 장소가 있고 유행가를 부를 장소가 따로 있다는 것뿐이겠지, 뭐. 딱할 거까지야 있나?" 나는 거짓말로써 그를 위로했다. 박은 가고 나는 다시 '속물'들 틈에 끼었다. 무진에서는 누구나 그렇게 생각하는 것이다. 타인은 모두 속물들이라고. 나 역시 그렇게 생각하는 것이다. 타인이 하는 모든 행위는 무위와 똑같은 무게밖에 가지고 있지 않은 장난이라고.

밤이 퍽 깊어서 우리는 자리에서 일어났다. 조는 내가 자기 집에서 자고 가기를 권했다. 그러나 다음 날 아침에 잠자리에서 일어나서 그 집을 나올 때까지의 부자유스러움을 생각하고 나는 기어코 밖으로 나섰다. 직원들도 도중에서 흩어져 가고 결국엔 나와 여자만이 남았다. 우리는 다리를 건너고 있었다. 검은 풍경 속에서 냇물은 하얀 모습으로 뻗어 있었고 그 하얀 모습의 끝은 안개 속으로 사라지고 있었다. "밤엔 정말 멋있는 고장이에요." 여자가 말했다. "그래요? 다행입니다." 내가 말했다. "왜 다행이라고 말씀하시는 줄 짐작하겠어요." 여자가 말했다. "어느 정도까지 짐작하셨어요?" 내가 물었다. "사실은 멋이 없는 고장이니까요. 제 대답이 맞았어요?" "거의." 우리는 다리를 다 건넜다. 거기서 우리는 헤어져야 했다. 그 여자는 냇물을 따라서 뻗어나간 길로 가야 했고 나는 곧장 난 길로 가야 했다. "아, 글루 가세요. 그럼……." 내가 말했다. "조금만 바래다주세요. 이 길은 너무 조용해서 무서워요." 여자가 조금 떨리는 목소리로 말했다. 나는 다시 여자와 나란히 서서 걸었다. 나는 갑자기 이 여자와 친해진 것 같았다. 다리가 끝나는 바로 거기에서부터, 그 여자가 정말 무서워서 떠는 듯한 목소리로 내게 바래다주기를 청했던 바로 그때부터 나는 그 여자가 내 생애 속에 끼어든 것을 느꼈다. 내 모든 친구들처럼, 이제는 모른다고 할 수 없는, 때로는 내가 그들을 훼손하기도 했지만 그러나 더욱 많이 그들이 나를 훼손시켰던 내 모든 친구들처럼. "처음에 뵈었을 때, 뭐랄까요, 서울냄새가 난다고 할까요, 퍽 오래전부터 알던 사람처럼 느껴졌어요. 참 이상하죠?" 갑자기 여자가 말했다. "유행가." 내가 말했다. "네?" "아니 유행가는 왜 부르십니까? 성악 공부한 사람들은 될 수 있는대로 유행가를 멀리하지 않았던가요?" "그 사람들은 항상 유행가만 부르라고 하거든요." 대답하고 나서 여자는 부끄러운 듯이 나지막하게 소리 내어 웃었다. "유행가를 부르지 않으려면 거기에 가지 않는 게 좋다고 얘기하면 내정간섭이 될까요?" "정말 앞으론 가지 않을 작정이에요. 정말 보잘것없는 사람들이에요." "그럼 왜 여태까진 거기에 놀러 다녔습니까?" "심심해서요." 여자는 힘없이 말했다. 심심하다. 그래 그게 가장 정확한 표현이다. "아까 박군은 하 선생님께서 유행가를 부르고 계시는 게 보기에 딱하다고 하면서 나가 버렸지요." 나는 어둠속에서 여자의 얼굴을 살폈다. "박 선생님은 정말 꽁생원이에요." 여자는 유쾌한 듯이 높은 소리로 웃었다. "선량한 사람이죠." 내가 말했다. "네, 너무 선량하죠." "박 군이 하 선생님을 사랑하고 있다는 생각을 해본 적은 없었던가요?" "아이, '하 선생님 하 선생님' 하지 마세요. 오빠라고 해도 제 큰 오빠뻘이나 되실 텐데요." "그럼 무어라고 부릅니까?" "그냥 제 이름을 불러주세요. 인숙이라고요." "인숙이 인숙이." 나는 낮은 소리로 중얼거려보았다. "그게 좋군요." 나는 말했다. "인숙인 왜 내 질문을 피하지요?" "무슨 질문을 하셨던가요?" 여자는 웃으면서 말했다. 우리는 논 곁을 지나가고 있었다. 언젠가 여름밤, 멀고 가까운 논에서 들려오는 개구리들의 울음소리를, 마치 수많은 비단 조개 껍데기를 한꺼번에 맞부빌 때 나는 듯한 소리를 듣고 있을 때 나는 그 개구리 울음소리들이 나의 감각 속에서 반짝이고 있는, 수없이 많은 별들로 바뀌어져 있는 것을 느끼곤 했었다. 청각의 이미지가 시각의 이미지로 바뀌어지는 이상한 현상이 나의 감각 속에서 일어나곤 했었던 것이다. 개구리 울음소리가 반짝이는 별들이라고 느낀 나의 감각은 왜 그렇게 뒤죽박죽이었을까. 그렇지만 밤하늘에서 쏟아질 듯이 반짝이고 있는 별들을 보고 개구리의 울음소리가 귀에 들려오는 듯했었던 것은 아니다. 별들을 보고 있으면 나는 나의 어느 별과 그리고 그 별과 또 다른 별들 사이의 안타까운 거리가, 과학책에서 배운바로써가 아니라, 마치 나의 눈이 점점 정확해져가고 있는 듯이, 나의 시력에 뚜렷하게 보여 오는 것이었다. 나는 그 도달할 길 없는 거리를 보는 데 홀려서 멍하니 서 있다가 그 순간 속에서 그대로 가슴이 터져 버리는 것 같았었다. 왜 그렇게 못 견디어 했을까. 별이 무수히 반짝이는 밤하늘을 보고 있던 옛날 나는 왜 그렇게 분해서 못 견디어 했을까. "무얼 생각하고 계세요?" 여자가 물어왔다. "개구리 울음소리." 대답하며 나는 밤하늘을 올려 봤다. 내리고 있는 안개에 가려서 별들이 흐릿하게 떠보였다. "어머, 개구리 울음소리. 정말예요. 제겐 여태까지 개구리 울음소리가 들리지 않았어요. 무진의 개구리는 밤 12시 이후에만 우는 줄로 알고 있었는데요." "12시 이후에요?" "네, 밤 12시가 넘으면, 제가 방을 얻어 있는 주인댁의 라디오 소리도 꺼지고 들리는 거라곤 개구리 울음소리뿐이거든요." "밤 12시가 넘도록 잠을 자지 않고 무얼 하시죠?" "그냥 가끔 그렇게 잠이 오지 않아요." 그냥 그렇게 잠이 오지 않는다, 아마 그건 사실이리라. "사모님 예쁘게 생기셨어요?" 여자가 갑자기 물었다. "제 아내 말씀 인가요?" "네." "예쁘죠." 나는 웃으면서 대답했다. "행복하시죠? 돈이 많고 예쁜 부인이 있고 귀여운 아이들이 있고 그러면……." "아이들은 아직 없으니까 좀금 덜 행복하겠군요." "어머, 결혼을 언제 하셨는데 아직 아이들이 없어요?" "이제 3년 좀 넘었습니다." "특별한 용무도 없이 여행하시면서 왜 혼자 다니세요?" 이 여자는 왜 이런 질문을 할까? 나는 조용히 웃어 버렸다. 여자는 아까보다 좀 더 명랑한 목소리로 말했다. "앞으로 오빠라고 부를 테니까 절 서울로 데려가 주시겠어요?" "서울에 가고 싶으신가요?" "네." "무진이 싫은가요?" "미칠 것 같아요. 금방 미칠 것 같아요. 서울엔 제 대학 동창들도 많고…… 아이, 서울로 가고 싶어 죽겠어요." 여자는 잠깐 내 팔을 잡았다가 얼른 놓았다. 나는 갑자기 흥분되었다. 나는 이마를 찡그렸다. 찡그리고 또 찡그렸다. 그러자 흥분이 가셨다. "그렇지만 이젠 어딜 가도 대학 시절과는 다를걸요. 인숙은 여자니까 아마 가정으로 숨어 버리기 전에는 어느 곳에 가든지 미칠 것 같을걸요." "그런 생각도 해봤어요. 그렇지만 지금 같아선 가정을 갖는다고 해도 미칠 것 같은 생각이 들어요. 정말 맘에 드는 남자가 아니면요. 정말 맘에 드는 남자가 있다고 해도 여기서는 살기가 싫어요. 전 그 남자에게 여기서 도망하자고 조를 거예요." "그렇지만 내 경험으로는 서울에서의 생활이 반드시 좋지도 않더군요. 책임, 책임뿐입니다." "그렇지만 여긴 책임도 무책임도 없는 곳인 걸요. 하여튼 서울에 가고 싶어요. 절 데려가 주시겠어요?" "생각해 봅시다." "꼭이에요. 네?" 나는 그저 웃기만 했다. 우리는 그 여자의 집 앞에까지 왔다. "선생님, 내일은 무얼 하실 계획이세요?" 여자가 물었다. "글쎄요. 아침엔 어머님 산소엘 다녀와야 하겠고, 그러고 나면 할 일이 없군요. 바닷가에나 가 볼까 하는데요. 거긴 한때 내가 방을 얻어 있던 집이 있으니까 인사도 할 겸." "선생님, 내일 거긴 오후에 가세요." "왜요?" "저도 같이 가고 싶어요. 내일은 토요일이니까 오전수업뿐이에요." "그럽시다." 우리는 내일 만날 시간과 장소를 약속하고 헤어졌다. 나는 이상한 우울에 빠져서 터벅터벅 밤길을 걸어 이모 댁으로 돌아왔다.

내가 이불 속으로 들어갔을 때 통금 사이렌이 불었다. 그것은 갑작스럽게 요란한 소리였다. 그 소리는 길었다. 모든 사물이 모든 사고(思考)가 그 사이렌에 흡수되어 갔다. 마침내 이 세상에선 아무것도 없어져 버렸다. 사이렌만이 세상에 남아 있었다. 그 소리도 마침내 느껴지지 않을 만큼 오랫동안 계속할 것 같았다. 그때 소리가 갑자기 힘을 잃으면서 꺾였고 길게 신음하며 사라져 갔다. 내 사고만이 다시 살아났다. 나는 얼마 전까지 그 여자와 주고받던 얘기들을 다시 생각해 보려 했다. 많은 것을 얘기한 것 같은데 그러나 귓속에는 우리의 대화가 몇 개 남아 있지 않았다. 좀 더 시간이 지난 후, 그 대화들이 내 귓속에서 내 머릿속으로 자리를 옮길 때는 그리고 머릿속에서 심장 속으로 옮겨갈 때는 또 몇 개가 더 없어져 버릴 것인가. 아니 결국엔 모두 없어져 버릴지도 모른다. 천천히 생각해 보자. 그 여자는 서울에 가고 싶다고 했다. 그 말을 그 여자는 안타까운 음성으로 얘기했다. 나는 문득 그 여자를 껴안고 싶은 충동에 사로잡혔다. 그리고…… 아니, 내 심장에 남을 수 있는 것은 그것뿐이었다. 그러나 그것도 일단 무진을 떠나기만 하면 내 심장 위에서 지워져 버리리라. 나는 잠이 오지 않았다. 낮잠 때문이기도 하였다. 나는 어둠 속에서 담배를 피웠다. 나는 우울한 유령들처럼 나를 내려다보고 있는 벽에 걸린 하얀 옷들을 흘겨보고 있었다. 나는 담뱃재를 머리맡의 적당한 곳에 털었다. 내일 아침 걸레로 닦아 내면 될 어느 곳에. '12시 이후에 우는' 개구리 울음소리가 희미하게 들려오고 있었다. 어디선가 1시를 알리는 시계 소리가 나직이 들려왔다. 어디선가 2시를 알리는 시계 소리가 들려왔다. 어디선가 3시를 알리는 시계 소리가 들려왔다. 어디선가 4시를 알리는 시계 소리가 들려왔다. 잠시 후에 통금 해제의 사이렌이 불었다. 시계와 사이렌 중 어느 것 하나가 정확하지 못했다. 사이렌은 갑작스럽고 요란한 소리였다. 그 소리는 길었다. 모든 사물이 모든 사고가 그 사이렌에 흡수되어 갔다. 마침내 이 세상에선 아무것도 없어져 버렸다. 사이렌만 이 세상에 남아 있었다. 그 소리도 마침내 느껴지지 않을 만큼 오랫동안 계속할 것 같았다. 그때 소리가 갑자기 힘을 잃으면서 꺾였고 길게 신음하며 사라져갔다. 어디선가 부부들은 교합하리라. 아니다. 부부가 아니라 창부와 그 여자의 손님이리라. 나는 왜 그런 엉뚱한 생각을 하고 있는지 알 수 없었다. 잠시 후에 나는 슬며시 잠이 들었다.

바다로 뻗은 긴 방죽

그날 아침엔 이슬비가 내리고 있었다. 식전에 나는 우산을 받쳐 들고 읍 근처의 산에 있는 어머니의 산소로 갔다. 나는 바지를 무릎 위까지 걷어 올리고 비를 맞으며 묘를 향하여 엎드려 절했다. 비가 나를 굉장한 효자로 만들어 주었다. 나는 한 손으로 묘 위의 긴 풀을 뜯었다. 풀을 뜯으면서 나는, 나를 전무님으로 만들기 위하여 전무 선출에 관계된 사람들을 찾아다니며 그 호걸웃음을 웃고 있을 장인 영감을 상상했다. 그러자 나는 묘 속으로 들어가고 싶었다.

돌아가는 길은, 좀 멀기는 하지만 잔디가 곱게 깔린 방죽길을 걷기로 했다. 이슬비가 바람에 뿌옇게 날리고 있었다.

비를 따라서 풍경이 흔들렸다. 나는 우산을 접어 버렸다. 방죽 위를 걸어가다가 나는, 방죽의 경사 밑 물가의 풀밭에, 읍에서 먼 촌으로부터 등교하기 위하여 온 학생들이 모여서 웅성거리고 있는 것을 보았다. 나이 많은 사람들이 몇 사람 끼여 있었고 비옷을 입은 순경 한 사람이 방죽의 비탈 위에 쭈그리고 앉아서 담배를 피우며 먼 곳을 바라보고 있었고 노파 한 사람이 혀를 차며 웅성거리고 있는 학생들의 틈을 빠져나와서 갔다. 나는 방죽의 비탈을 내려갔다. 순경 곁을 지나면서 나는 물었다. "무슨 일입니까?" "자살 시첸니다." 순경은 흥미 없는 말투로 말했다. "누군데요?" "읍에 있는 술집 여잡니다. 초여름이 되면 반드시 몇 명씩 죽지요." "네에." "저 계집애는 아주 독살스러운 년이어서 안 죽을 줄 알았더니, 저것도 별 수 없는 사람이었던 모양입니다." "네에." 나는 물가로 내려가서 학생들 틈에 끼었다. 시체의 얼굴은 냇물을 향하고 있었으므로 내게는 보이지 않았다. 머리는 파마였고 팔과 다리가 하얗고 굵었다. 붉은 색의 얇은 스웨터를 입고 있었고 하얀 스커트를 입고 있었다. 지난밤의 새벽은 추웠던 모양이다. 아니면 그 옷이 그 여자의 맘에 든 옷이었던가 보다. 푸른 꽃무늬 있는 하얀 고무신을 머리에 베고 있었다. 무엇인가를 싼 하얀 손수건이 그 여자의 축 늘어진 손에서 좀 떨어진 곳에 굴러 있었다. 하얀 손수건은 비를 맞고 있었고 바람이 불어도 조금도 나부끼지 않았다. 시체의 얼굴을 보기 위해서 많은 학생들이 냇물 속에 발을 담그고 이쪽을 향하여 서있었다. 그들의 푸른색 유니폼이 물에 거꾸로 비쳐 있었다. 푸른색의 깃발들이 시체를 옹위하고 있었다. 나는 그 여자를 향하여 이상스레 정욕이 끓어오름을 느꼈다. 나는 급히 그 자리를 떠났다. "무슨 약을 먹었는지 모르지만 지금이라도 어쩌면……." 순경에게 내가 말했다. "저런 여자들이 먹는 건 청산가립니다. 수면제 몇 알 먹고 떠들썩한 연극 같은 건 안 하지요. 그것만은 고마운 일이지만." 나는 무진으로 오는 버스 안에서 수면제를 만들어 팔겠다는 공상을 한 것이 생각났다. 햇볕의 신선한 밝음과 살갗에 탄력을 주는 정도의 공기의 저온, 그리고 해풍에 섞여 있는 정도의 소금기, 이 세 가지를 합성하여 수면제를 만들 수 있다면……. 그러나 사실 그 수면제는 이미 만들어져 있었던 게 아닐까. 나는 문득, 내가 간밤에 잠을 이루지 못하고 뒤척거리고 있었던 게 이 여자의 임종을 지켜주기 위해서가 아니었을까 하는 생각이 들었다. 통금 해제의 사이렌이 불고 이 여자는 약을 먹고 그제야 나는 슬며시 잠이 들었던 것만 같다. 갑자기 나는 이 여자가 나의 일부처럼 느껴졌다. 아프긴 하지만 아끼지 않으면 안 될 내 몸의 일부처럼 느껴졌다. 나는 접어둔 우산에 묻은 물을 훽훽 뿌리면서 집으로 돌아왔다. 집에는 세무서장인 조가 보낸 쪽지가 기다리고 있었다. "할 일 없으면 세무서에 좀 들러 주게." 아침밥을 먹고 나는 세무서로 갔다. 이슬비는 그쳤으나 하늘은 흐렸다. 나는 조의 의도를 알 것 같았다. 서장실에 앉아 있는 자기의 모습을 보여주고 싶은 거다. 아니 내가 비꼬아서 생각하고 있는지 모른다. 나는 고쳐 생각하기로 했다. 그는 세무서장으로 만족 하고 있을까? 아마 만족하고 있을 게다. 그는 무진에 어울리는 사람이다. 아니, 나는 다시 고쳐 생각하기로 했다. 어떤 사람을 잘 안다는 것, 잘 아는 체한다는 것이 그 어떤 사람의 입장에서 보면 무척 불행한 일이다. 우리가 비난할 수 있고 적어도 평가하려고 드는 것은 우리가 알고 있는 사람에 한하는 것이기 때문이다.

조는 러닝셔츠 바람으로, 바지는 무릎 위까지 걷어붙이고 부채를 부치고 있었다. 나는 그가 초라해 보였고 그러나 그가 흰 커버를 씌운 회전의자 위에 앉아 있는 것을 자랑스러워하는 듯한 몸짓을 해보일 때는 그가 가엾게 생각되었다. "바쁘지 않나?" 내가 물었다. "나야 뭐 하는 일이 있어야지. 높은 자리라는 건 책임진다는 말만 중얼거리고 있으면 되는 모양이지." 그러나 그는 결코 한가하지 않았다. 여러 사람들이 드나들면서 서류에 조의 도장을 받아갔고 더 많은 서류들이 그의 미결함(未決函)에 쌓여졌다. "월말에다가 토요일이 되어서 좀 바쁘다." 그는 말했다. 그러나 그의 얼굴은 그 바쁜 것을 자랑스럽게 여기고 있었다. 바쁘다. 자랑스러워 할 틈도 없이 바쁘다. 그것은 서울에서의 나였다. 그만큼 여기는 생활한다는 거에 서투를 수 있다고나 할까? 바쁘다는 것도 서투르게 바빴다. 그리고 그때 나는, 사람이 자기가 하는 일에 서투르다는 것은, 그것이 무슨 일이든지 설령 도둑질이라고 할지라도 서투르다는 것은 보기에 딱하고 보는 사람을 신경질 나게 한다고 생각하였다. 미끈하게 일을 처리해버린다는 건 우선 우리를 안심시켜 준다. "참, 엊저녁, 하선생이란 여자는 네 색싯감이냐?" 내가 물었다. "색싯감?" 그는 높은 소리로 웃었다. "내 색싯감이 그 정도로밖에 안 보이냐?" 그가 말했다. "그 정도가 뭐 어때서?" "야, 이 약아빠진 놈아, 넌 백 좋고 돈 많은 과부를 물어 놓고 기껏 내가 어디서 굴러 온 줄도 모르는 말라빠진 음악 선생이나 차지하고 있으면 맘이 시원하겠다는 거냐?" 말하고 나서 그는 유쾌해 죽겠다는 듯이 웃어댔다. "너만큼만 사는 정도라면 여자가 거지라도 괜찮지 않아?" 내가 말했다. "그래도 그게 아니다. 내 편에 나를 끌어 줄 사람이 없으면 처가 편에서라도 누가 있어야 하는 거야." 그가 대답했다. 그의 말투로는 우리는 공모자였다. "야, 세상 우습더라. 내가 고시에 패스하자마자 중매쟁이 막 들어오는데……. 그런데 그게 모두 형편없는 것들이거든. 도대체 여자들이 성기 하나를 밑천으로 해서 시집가 보겠다는 고 배짱들이 괘씸하단 말야." "그럼 그 여선생도 그런 여자 중의 하나인가?" "아주 대표적인 여자지. 어떻게나 쫓아다니는지 귀찮아 죽겠다." "퍽 똑똑한 여자일 것 같던데." "똑똑하기야 하지. 그렇지만 뒷조사를 해보았더니 집안이 너무 허술해. 그 여자가 여기서 죽는다고 해도 고향에서 그 여자를 데리러 올 사람 하나 변변한 게 없거든." 나는 그 여자를 어서 만나 보고 싶었다. 나는 그 여자가 지금 어디서 죽어 가고 있는 것처럼 생각되었다. 어서 가서 만나 보고 싶었다. "속도 모르는 박 군은 그 여자를 좋아한대." 그가 말하면서 빙긋 웃었다. "박 군이?" 나는 놀라는 체했다. "그 여자에게 편지를 보내어 호소를 하는데 그 여자가 모두 내게 보여 주거든. 박 군은 내게 연애편지를 쓰는 셈이지." 나는 그 여자를 만나보고 싶은 생각이 싹 가셨다. 그러나 잠시 후엔 그 여자를 어서 만나 보고 싶다는 생각이 되살아났다. "지난봄엔 그 여잘 데리고 절엘 한 번 갔었지. 어떻게 해보려고 했는데 요 영리한 게 결혼하기 전까지는 절대로 안 된다는 거야." "그래서?" "무안만 당하고 말았지." 나는 그 여자에게 감사했다.

시간이 됐을 때 나는 그 여자와 만나기로 한, 읍내에서 좀 떨어진 바다로 뻗어 나가고 있는 방죽으로 갔다. 노란 파라솔 하나가 멀리 보였다. 그것이 그 여자였다. 우리는 구름이 낀 하늘 밑을 나란히 걸어갔다. "저 오늘 박 선생님께 선생님에 관해서 여러 가지 물어봤어요." "그래요?" "무얼 제일 중요하게 물어보았을 거 같아요?" 나는 전연 짐작할 수가 없었다. 그 여자는 잠시 동안 키득키득 웃었다. 그리고 말했다. "선생님의 혈액형을 물어봤어요." "내 혈액형을요?" "전 혈액형에 대해서 이상한 믿음을 가지고 있어요. 사람들이 꼭 자기의 혈액형이 나타내주는 — 그, 생물책에 씌어 있지 않아요? — 꼭 그 성격대로이기만 했으면 좋겠어요. 그럼 세상엔 손가락으로 꼽을 정도의 성격밖에 없을게 아니에요?" "그게 어디 믿음입니까? 희망이지." "전 제가 바라는 것은 그대로 믿어 버리는 성격이에요." "그건 무슨 혈액형입니까?" "바보라는 이름의 혈액형이에요." 우리는 후덥지근한 공기 속에서 괴롭게 웃었다. 나는 그 여자의 프로필을 훔쳐보았다. 그 여자는 이제 웃음을 그치고 입을 꾹 다물고 그 커다란 눈으로 앞을 똑바로 응시하고 있었고 코끝에 땀이 맺혀 있었다. 그 여자는 어린아이처럼 나를 따라오고 있었다. 나는 나의 한 손으로 그 여자의 한 손을 잡았다. 그 여자는 놀라는 듯했다. 나는 얼른 손을 놓았다. 잠시 후에 나는 다시 손을 잡았다. 그 여자는 이번엔 놀라지 않았다. 우리가 잡고 있는 손바닥과 손바닥의 틈으로 희미한 바람이 새어나가고 있었다. "무작정 서울에만 가면 어떻게 할 작정이오?" 내가 물었다. "이렇게 좋은 오빠가 있는데 어떻게 해주겠지요." 여자는 나를 쳐다보며 방긋 웃었다. "신랑감이야 수두룩하긴 하지만……. 서울보다는 고향에 가 있는 게 낫지 않을까요?" "고향보다는 여기가 나아요." "그럼 여기 그대로 있는 게……." "아이, 선생님. 절 데리고 가시잖을 작정이시군요." 여자는 울상을 지으며 내 손을 뿌리쳤다. 사실 나는 내 자신을 알 수 없었다. 사실 나는 감상이나 연민으로써 세상을 향하고 사는 나이도 지난 것이다. 사실 나는, 몇 시간 전에 조가 얘기했듯이 '백이 좋고 돈 많은 과부'를 만난 것을 반드시 바랐던 것은 아니지만 결과적으로는 잘되었다고 생각하고 있는 사람인 것이다. 나는 내게서 달아나 버렸던 여자에 대한 것과는 다른 사랑을 지금의 내 아내에 대하여 갖고 있었다. 그러면서도 나는 구름이 끼어 있는 하늘 밑의 바다로 뻗은 방죽 위를 걸어가면서, 다시 내 곁에 선 여자의 손을 잡았다. 나는 지금 우리가 찾아가고 있는 집에 대하여 여자에게 설명해 주었다. 어느 해, 나는 그 집에서 방 한 칸을 얻어들고 더러워진 나의 폐를 씻어 내고 있었다. 어머니도 세상을 떠나간 뒤였다. 이 바닷가에서 보낸 1년. 그때 내가 쓴 모든 편지들 속에서 사람들은 '쓸쓸하다'라는 단어를 쉽게 발견할 수 있었다. 그 단어는 다소 천박하고 이제는 사람의 가슴을 호소해 오는 능력도 거의 상실해버린 사어 같은 것이지만 그러나 그 무렵의 내게는 그 말밖에 써야 할 말이 없는 것처럼 생각되었었다. 아침의 백사장을 거니는 산보에서 느끼는 시간의 지루함과 낮잠에서 깨어나서 식은땀이 줄줄 흐르는 이마를 손바닥으로 닦으며 느끼는 허전함과 깊은 밤에 악몽으로부터 깨어나서 쿵쿵 소리를 내며 급하게 뛰고 있는 심장을 한 손으로 누르며 밤바다의 그 애처로운 울음소리에 귀를 기울이고 있을 때의 안타까움, 그런 것들이 굴 껍데기처럼 다닥다닥 붙어서 떨어질 줄 모르는 나의 생활을 나는 '쓸쓸하다'라는, 지금 생각하면 허깨비 같은 단어 하나로 대신 시켰던 것이다. 바다는 상상도 되지 않는 먼지 낀 도시에서, 바쁜 일과 중에, 무표정한 우편배달부가 던져 주고 간 나의 편지 속에서 '쓸쓸하다'라는 말을 보았을 때 그 편지를 받은 사람이 과연 무엇을 느끼거나 상상할 수 있었을까? 그 바닷가에서 그 편지를 내가 띄우고 도시에서 내가 그 편지를 받았다고 가정할 경우에도 내가 그 바닷가에서 그 단어에 걸어 보던 모든 것에 만족할 만큼 도시의 내가 바닷가의 나의 심경에 공명할 수 있었을 것인가? 아니 그것이 필요하기나 했었을까? 그러나 정확하게 말하자면, 그 무렵 편지를 쓰기 위해서 책상 앞으로 다가가고 있던 나도, 지금에 와서 내가 하고 있는 바와 같은 가정과 질문을 어렴풋이나마 하고 있었고 그 대답을 '아니다'로 생각하고 있었던 듯하다. 그러면서도 그는 그 속에 '쓸쓸하다'라는 단어가 씌어진 편지를 썼고 때로는 바다가 암청색으로 서투르게 그려진 엽서를 사방으로 띄웠다. "세상에서 제일 먼저 편지를 쓴 사람은 어떤 사람이었을까요?" 내가 말했다. "아이, 편지, 정말 편지를 받는 것처럼 기쁜 일은 없어요. 정말 누구였을까요? 아마 선생님처럼 외로운 사람이었겠죠?" 여자의 손이 내 손안에서 꼼지락거렸다. 나는 그 손이 그렇게 말하고 있는 듯한 느낌이 들었다. "그리고 인숙이처럼." 내가 말했다. "네." 우리는 서로 고개를 돌려 마주보며 웃음 지었다.

우리는 우리가 찾아가는 집에 도착했다. 세월이 그 집과 그 집 사람들만은 피해서 지나갔던 모양이다. 주인들은 나를 옛날의 나로 대해 주었고 그러자 나는 옛날의 내가 되었다. 나는 가지고 온 선물을 내놓았고 그 집 주인 부부는 내가 들어 있던 방을 우리에게 제공해 주었다. 나는 그 방에서 여자의 조바심을, 마치 칼을 들고 달려드는 사람으로부터, 누군가 자기의 손에서 칼을 빼앗아 주지 않으면 상대편을 찌르고 말 듯한 절망을 느끼는 사람으로부터 칼을 빼앗듯이 그 여자의 조바심을 빼앗아 주었다. 그 여자는 처녀는 아니었다. 우리는 다시 방문을 열고 물결이 다소 거센 바다를 내어다보며 오랫동안 말없이 누워 있었다. "서울에 가고 싶어요. 단지 그것뿐예요." 한참 후에 여자가 말했다. 나는 손가락으로 여자의 볼 위에 의미 없는 도화를 그리고 있었다. "세상엔 착한 사람이 있을까?" 나는 방으로 불어오는 해풍 때문에 불이 꺼져 버린 담배에 다시 불을 붙이며 말했다. "절 나무라시는 거죠? 착하게 보아 주려는 마음이 없으면 아무도 착하지 않을 거예요?" 나는 우리가 불교도라고 생각했다. "선생님은 착한 분이세요?" "인숙이가 믿어 주는 한." 나는 다시 한 번 우리가 불교도라고 생각했다. 여자는 누운 채 내게 조금 더 다가왔다. "바닷가로 나가요 네? 노래 불러 드릴게요." 여자가 말했다. 그러나 우리는 일어나지 않았다. "바닷가로 나가요, 네? 방은 너무 더워요." 우리는 일어나서 밖으로 나왔다. 우리는 백사장을 걸어서 인가가 보이지 않는 바닷가의 바위 위에 앉았다. 파도가 거품을 숨겨 가지고 와서 우리가 앉아 있는 바위 밑에 그것을 뿜어 놓았다. "선생님." 여자가 나를 불렀다. 나는 여자 쪽으로 고개를 돌렸다. "자기 자신이 싫어지는 것을 경험하신 적이 있으세요?" 여자가 꾸민 명랑한 목소리로 물었다. 나는 기억을 헤쳐 보았다. 나는 고개를 끄덕이며 말했다. "언젠가 나와 함께 자던 친구가 다음 날 아침에 내가 코를 골면서 자더라는 것을 알려 주었을 때였지. 그땐 정말이지 살맛이 나지 않았어." 나는 여자를 웃기기 위해서 그렇게 말했다. 그러나 여자는 웃지 않고 조용히 고개만 끄덕거렸다. 한참 후에 여자가 말했다. "선생님, 저 서울에 가고 싶지 않아요." 나는 여자의 손을 달라고 하여 잡았다. 나는 그 손을 힘을 주어 쥐면서 말했다. "우리 서로 거짓말은 하지 말기로 해." "거짓말이 아니에요." 여자는 빙긋 웃으면서 말했다. "「어떤 갠 날」 불러 드릴게요." "그렇지만 오늘은 흐린걸." 나는 「어떤 갠 날」의 그 이별을 생각하며 말했다. 흐린 날엔 사람들은 헤어지지 말기로 하자. 손을 내밀고 그 손을 잡는 사람이 있으면 그 사람을 가까이 가까이 좀 더 가까이 끌어당겨주기로 하자. 나는 그 여자에게 '사랑한다'고 말하고 싶었다. 그러나 '사랑한다.'라는 그 국어의 어색함이 그렇게 말하고 싶은 나의 충동을 쫓아 버렸다. 우리가 바닷가에서 읍내로 돌아온 것은 저녁의 어둠이 밀려 든 뒤였다. 읍내에 들어오기 조금 전에 우리는 방죽 위에서 키스를 했다. "전 선생님께서 여기 계시는 일주일 동안만 멋있는 연애를 할 계획이니까 그렇게 알고 계세요." 헤어지면서 여자가 말했다. "그렇지만 내 힘이 더 세니까 별 수 없이 내게 끌려서 서울까지 가게 될걸." 내가 말했다.

집으로 돌아와서 나는 후배인 박이 낮에 다녀간 것을 알았다. 그는 내가 "무진에 계시는 동안 심심하시지 않을까 하여 읽으시라"고 책 세 권을 두고 갔다. 그가 저녁에 다시

오겠다고 하더라는 얘기를 이모가 내게 했다. 나는 피로를 핑계로 아무도 만나기 싫다는 뜻을 이모에게 알려 두었다. 이모는 내가 바닷가에서 아직 돌아오지 않았다고 대답하겠다고 말했다. 나는 아무것도 생각하고 싶지 않았다. 아무것도. 나는 이모에게 소주를 사오게 하여 취해서 잠이 들 때까지 마셨다. 새벽녘에 잠깐 잠이 깨었다. 나는 이유를 집어낼 수 없이 가슴이 두근거렸는데 그것은 불안이었다. "인숙이." 하고 나는 중얼거려 보았다. 그리고 곧 다시 잠이 들어버렸다.

당신은 무진을 떠나고 있습니다.

나는 이모가 나를 흔들어 깨워서 눈을 떴다. 늦은 아침이었다. 이모는 전보 한 통을 내게 건네주었다. 엎드려 누운 채 나는 전보를 펴보았다. "27일 회의 참석 필요. 급상경바람. 영" '27일'은 모레였고 '영'은 아내였다. 나는 아프도록 쑤시는 이마를 베개에 대었다. 나는 숨을 거칠게 쉬고 있었다. 나는 내 호흡을 진정시키려고 했다. 아내의 전보가 무진에 와서 내가 한 모든 행동과 사고를 내게 점점 명료하게 드러내 보여 주었다. 모든 것이 선입관 때문이었다. 결국 아내의 전보는 그렇게 얘기하고 있었다. 나는 아니라고 고개를 저었다. 모든 것이, 흔히 여행자에게 주어지는 그 자유 때문이라고 아내의 전보는 말하고 있었다. 나는 아니라고 고개를 저었다. 모든 것이 세월에 의하여 내 마음속에서 잊혀질 수 있다고 전보는 말하고 있었다. 그러나 상처가 남는다고, 나는 고개를 저었다. 오랫동안 우리는 다투었다. 그래서 전보와 나는 타협안을 만들었다. 한 번만, 마지막으로 한 번만 이 무진을, 안개를, 외롭게 미쳐 가는 것을, 유행가를, 술집여자의 자살을, 배반을, 무책임을 긍정하기로 하자. 마지막으로 한 번만이다. 꼭 한 번만. 그리고 나는 내게 주어진 한정된 책임 속에서만 살기로 약속한다. 전보여, 새끼손가락을 내밀었다. 나는 거기에 내 새끼손가락을 걸어서 약속한다. 우리는 약속했다.

그러나 나는 돌아서서 전보의 눈을 피하여 편지를 썼다. "갑자기 떠나게 되었습니다. 찾아가서 말로써 오늘 제가 먼저 가는 것을 알리고 싶었습니다만 대화란 항상 의외의 방향으로 나가 버리기를 좋아하기 때문에 이렇게 글로써 알리는 것입니다. 간단히 쓰겠습니다. 사랑하고 있습니다. 왜냐하면 당신은 제 자신이기 때문에, 적어도 제가 어렴풋이나마 사랑하고 있는 옛날의 저의 모습이기 때문입니다. 저는 옛날의 저를 오늘의 저로 끌어 놓기 위해여 있는 힘을 다할 작정입니다. 저를 믿어 주십시오. 그리고 서울에서 준비가 되는 대로 소식 드리면 당신은 무진을 떠나서 제게 와 주십시오. 우리는 아마 행복할 수 있을 것입니다." 쓰고 나서 나는 그 편지를 읽어봤다. 또 한 번 읽어봤다. 그리고 찢어 버렸다.

덜컹거리며 달리는 버스 속에서 나는, 어디쯤에선가, 길가에 세워진 하얀 팻말을 보았다. 거기에는 선명한 검은 글씨로 '당신은 무진읍을 떠나고 있습니다. 안녕히 가십시오.' 라고 씌어 있었다. 나는 심한 부끄러움을 느꼈다.

작가 연보

1941년 12월 23일 일본 오사카(大阪)에서 아버지 김기선과 어머니 윤계자의 장남으로 태어남. 아명은 학길(鶴吉).

1945년 귀국하여 전남 진도에서 수개월 지내다가 본적지인 전남 광양에 일시 거주.

1946년 순천으로 이사, 정착함.

1948년 순천 남초등학교 입학. 여순반란사건 발발. 부친 사망.

1949년 여수 종산초등학교(현재 중앙초등학교)로 전학.

1950년 6·25 발발. 경남 남해로 피난. 수복 후, 순천 북국민학교로 전학.

1952년 월간 『소년세계』에 동시를 투고하여 게재된 것을 계기로 이후 동시, 콩트 등 창작에 몰두함.

1954년 순천중학교 입학.

1957년 순천고등학교 입학.

1960년 서울대 문리대학 불문학과 입학. 문리대 교내신문

『새세대』 기자 활동을 함. 한국일보사 발행 『서울경제신문』에 만화를 연재하여 학비를 조달함.

1962년 한국일보 신춘문예에 당편소설 「생명연습」이 당선되어 문단에 데뷔. 강호무, 김성일, 김치수, 김현, 염무웅, 서정인, 최하림과 동인지 『산문시대』 발간. 소설 「건」「환상수첩」 등을 『산문시내』에 발표

1963년 「누이를 이해하기 위하여」「확인해본 열다섯 개의 고정관념」(『산문시대』), 「역사」(『문학춘추』) 발표.

1964년 「무진기행」(『사상계』), 「차나 한잔」(『세대』), 「싸게 사들이기」(『문학춘추』) 등 발표.

1965년 서울대 졸업. 「서울 1964년 겨울」로 제10회 동인문학상 수상. 「들놀이」(『청맥』) 발표.

1966년 「다산성」(『창작과 비평』), 「염소는 힘이 세다」(『자유공론』) 등 발표. 장편 「빛의 무덤 속」을 『문학』에 연재하다가 중단함. 「무진기행」의 시나리오 집필을 계기로 영화계와 인연을 맺기 시작. 단편집 「서울 1964년 겨울」이 『창문사』에서 출간.

1967년 중편 「내가 훔친 여름」을 중앙일보에 연재. 김동인

의 「감자」를 각색, 감독하여 영화로 만듦. 백혜욱과 결혼.

1968년 「60년대식」을 『선데이서울』에 발표. 『신동아』에 「동두천」을 연재하다가 2회에 중단함. 나중에 이 작품을 「재룡이」로 개작. 이어령의 「장군의 수염」을 각색하여 대종상 각본상 수상.

1969년 「야행」을 『월간중앙』에, 장편 「보통 여자」를 『주간여성』에 연재.

1970년 담시 「오적」 사건으로 김지하가 투옥되자 이호철, 박태순, 이문구 등과 김지하 구명운동을 전개함.

1971년 월간지 『샘터』 편집.

1974년 시나리오 「어제 내린 비」「영자의 전성시대」 등 집필. 「겨울 여자」「여자들만 사는 거리」「도시로 간 처녀들」 등 영화화.

1976년 창작집 『서울 1964년 겨울』『60년대식』을 서음출판사에서 출간.

1977년 「서울의 달빛 0章」으로 문학사상사 제정 제1회 이상문학상 수상. 「강변부인」을 『일요신문』에 연재. 콩트집 『위험한 얼굴』, 수필집 『뜬 세상에 살기에』 출간.

1979년 옴니버스 스타일의 소설 「우리들의 낮은 울타리」를 『문예중앙』에 발표.

1980년 장편 「먼지의 방」을 동아일보에 연재하기 시작했으나 광주 민주화 운동과 그에 대한 군부대의 진압 사실을 알고 연재 15회 만에 자진 중단 후 절필.

1981년 4월 종교적 계시를 받는 극적 체험을 한 후, 성경 공부와 수도생활 시작.

1995년 김승옥 소설전집이 문학동네에서 출간.

1999년 세종대학교 국어국문학교 교수로 부임.

2003년 중풍으로 쓰러지면서 교수직 사임.

2004년 산문집 『내가 만난 하나님』 출간.